JN255126

ガシュアード王国
にこにこ商店街

登場人物紹介

ガルド
ブラキオの弟で、傭兵稼業の大男。
ブラキオ
エテルナ神殿の神官長。真面目で信仰心が篤《あつ》い。
瀬《せ》尾《お》一《いち》蔵《ぞう》
桜子と共にトリップした、デパート社員。何事にも無気力で、いつも桜子からお小言を食らっていたが、ガシュアード王国に来てから少しずつ変化を見せる。
槇《まき》田《た》桜《さくら》子《こ》
デパートに勤める23歳のOL。仕事中、後輩である瀬尾と一緒にガシュアード王国へトリップしてしまう。ブラキオに「女神の巫女」と誤解され、エテルナ神殿で生活することになるが、あまりの貧困っぷりに打開策を考えることに。

ミリア
ブラキオの姪。何事にも
一生懸命な美少女。
モリモト
グレン神殿の巫《かんなぎ》。
数年前王都に現れた謎の男。
ベキオ
ブラキオの息子。
音楽を愛する美青年。
シュルムト
都護軍に所属する貴族。
フェロモンだだ漏れの
色男で、桜子に対して
尊大な態度を取る。
ウルラド
宰相の息子。文武両道
の美青年だが、桜子を
崇拝するあまりストー
カー紛いの行動を取る。
ミホ
ブドウ園の息子。
桜子と気の合う
好青年。

第一章　槇田《まきた》桜子《さくらこ》の憂鬱《ゆううつ》

槇田桜子の人生は、ある男との出会いによって大きく、かつ劇的に変わった。

――『孫子《そんし》に学ぶ人材育成術』『叱らず伸ばせ！　はじめて部下を持つ上司が読むべき本』『山本《やまもと》五十六《いそろく》に学ぶ人の育て方』『部下を育てるマジックワード』『ハッピーコーチング入門』――

桜子は、駅ビルの四階にある書店の実用書コーナーで、本の背表紙の文字を眺めていた。濃い睫《まつげ》に縁《ふち》どられた大きな目だけを動かし、じっくりと選ぶ。

桜子は、北海道の旭川《あさひかわ》の出身だ。

高校卒業後は札幌の国立大学に進学し、東京銀座が本社の大國《だいこく》百貨店に就職した。この百貨店は五年後に札幌への新規出店を計画しており、地元出身の学生を求めていた。桜子はいずれ北海道に戻る予定で、東京での社会人生活をスタートさせた。

憂鬱な電車通勤に、地下迷宮のような駅。じっとりとまとわりつく暑さと、デパートの中の冷《ひ》え冷《び》えする空調にも、二年目で少しだけ慣れた。

酒の席で軽い愚痴《ぐち》をもらし合ったり、帰り道のコンビニでちょっと豪華なスイーツを買ってテンションを上げたりと、憂さの晴らし方も覚えた。時折実家に電話を入れて、母親と心配性な義理の父親を安心させることも忘れなかった。

「あ、いたいた。お待たせー」

声をかけられ、桜子は目線を棚から外した。

笑顔で手を振りながら近づいてきたのは、待ち合わせの相手である大学の同期、野原雪菜《のはらゆきな》だ。就職先が同じく都内だったこともあって、今でも連絡を取り合っている。

「……桜子。今、すっごい顔してたよ」

雪菜はシンプルなベージュのネイルで、自身の眉間を示した。

桜子も倣《なら》って自分の眉間に指の腹を当て、シワを伸ばすように軽くさする。

「ごめんごめん。なんでもないよ。大丈夫」

「ならいいけど。じゃ、行こう」

「あ、ちょっと待って、雪菜。この本買ってからでいい？」

そう言って桜子は、見繕《みつくろ》っておいた本に次々と手を伸ばす。

「いいけど――それ、全部買うの？」

「うん」

計五冊の本を両手に抱え、桜子はレジへと向かった。

今日の女子会の会場は、駅ビルの最上階にあるダイニングバーだ。

ヘルシーでボリューミーな料理が人気の店だ。一カ月前に予約して取った夜景の見える席に座り、いそいそとメニュー表を広げる。

「なににする？」

「私は……」

桜子は、カクテルの写真の横に書かれた、ビタミンなどの栄養成分や『美肌効果バツグン！』といったコピーを真剣にチェックした。そして『ストレスと闘うアナタへ！』という一文を発見するや否《いな》や、その見た目も成分も確認せずに、「これにする」と即決する。

やがて桜子の前に鮮やかな緑色をした謎のカクテルが、雪菜の前にピンク色のカクテルが置かれる。乾杯をしたあと、雪菜は「なにかあった？」と桜子に尋ねた。

「うん。……ちょっと」

「まさか、あの元カレ？」

「ううん。違う。そっちはもうなんともないよ」

桜子は大袈裟《おおげさ》なくらいに手を横に振って否定する。

「そういえば雪菜こそ、この間電話でいろいろ大変だって言ってたバイトの子、大丈夫なの？」

雪菜の職場は広告代理店だ。日々の激務もさることながら、入れ替わりの激しいバイトの教育に関する悩みは尽きないらしい。

「もう辞めたよ。ほんっと仕事できないくせに、私のこと陰でなんて呼んでたかわかる？『ババア』だよ？　二十四歳の私が！　ハタチの子に！　ほんと辞めてくれてせいせいした」

桜子はビタミンがたっぷりと入っていそうな青臭いカクテルを一口飲み、小さくため息をつく。

「あのね、雪菜。実は、私も今ちょっと悩んでるんだ。聞いてもらっていい？」

「いいよ。この間はずいぶん愚痴《ぐち》につき合ってもらったし。お互い様」

五穀米《ごこくまい》のサラダちらしに、コラーゲンたっぷりのフカヒレのスープをそれぞれの皿に取り分けたのを機に、桜子は口を開いた。

「実は――」


桜子は、本店配属から半年でミッシー・ミセスのフロア担当になった。仕事は順調で、入社二年目になると、出店に向けて準備の進む札幌店のフロアチーフ候補に名前が挙がるほどだった。そう、なにも問題などなかったのだ。――その時までは。

「初めて新人の教育係を任されたの。それが、取引先の社長の息子で……」

「御曹司？　なにそれ。ロマンスの予感がするんだけど！」

「引きこもり歴五年で、社会人経験ゼロの二十五歳。親のコネ入社だよ」

雪菜の瞳が一瞬で輝きを失う。その気持ちはよく理解できた。四ヵ月前に自分もほぼ同じ反応をしたからだ。

「歓迎会で一言も喋《しゃべ》らなかった上に、開始二十分でフェードアウトして……しかも、次の日からデスクの上になんかのボトルキャップ並べ始めて――」

『仕事への意欲はゼロです』と宣言するかのような彼のデスクが、脳裏にまざまざと蘇《よみがえ》る。彼――

瀬尾一蔵《せおいちぞう》のデスクにわけのわからないものが増えていくにつれ、桜子のデスクには自己啓発本が増えていった。

「三日に一回は遅刻してくるし、挨拶《あいさつ》はしないし、返事もしないし、いっつもスマホいじってるし、仕事しないし、電話も取らないし、常識ないし、接客研修Eマイナス判定だし、なにがあろうと定時に帰るし――とにかく、サイアクなの」

桜子は緑色のカクテルをぐいっと飲み干した。底に沈んでいた濃い緑色の繊維の澱《おり》が、強烈に苦く、思わず眉間にシワが寄る。

「次の頼む？」

雪菜が差し出したメニュー表を、礼を言って手に取る。次は眉間のシワに効く、美肌効果のあるカクテルにしようと思った。

斯様《かよう》に桜子は、瀬尾一蔵の教育係になってからの四ヵ月、非常に強いストレスを感じ続けていた。

瀬尾は接客研修の段階で「フロアには出せない」と判断され、一日中事務所か倉庫かにいる。大國本店では各フロアの事務所に届いた荷物は、すぐにフロアごとの倉庫へ運ぶことになっている。だが、瀬尾にその運搬《うんぱん》を頼むと、まず戻ってこない。

桜子は複数の社員から、『倉庫でゲームやってましたよ』と十数回は聞いている。あまりにも度重なる伝説的な所業の数々から、瀬尾は陰で『レジェンド』と呼ばれているそうだ。ならば自分の立場は、さしずめ伝説の生き証人といったところだろう。

そんな桜子の心の支えは、まもなく始まるクリスマス商戦だった。

館内の飾りつけはラッピング作業と呼ばれている。ミッシー・ミセスフロアの今年のクリスマス担当は桜子で、モールやツリーの発注や当日の作業分担シート作成といった準備を、夏の終わりから進めてきた。

ラッピングの入れ替えは、通常業務の終了後、社員総出で行う作業だ。当然、事前に連絡済みである。

だが、そこは瀬尾のこと。彼が無言のままにさっさとカバンを手にした瞬間を、桜子は見逃さなかった。大学の演劇部で『能面スマイル』と恐れられた笑顔で、「瀬尾くん」と声をかける。

のっぺりとして感情の見えない瀬尾の顔が、桜子は苦手だ。特に、腹の中ではさぞかし自分を小バカにしていそうな細い目が好きではない。

ヒョロヒョロしているので制服の布がやけに余っている上、なで肩と猫背のせいで、それが更に目立つ。桜子はそれも好きではなかった。

「瀬尾くん。今日、ラッピングの入れ替えだって、伝えてあったよね?」

「そうでしたっけ」

「そうです。今のうちに段ボール、フロアに出しておいてね」

不毛な応酬を打ち切り、桜子は即座に指示を出した。

「なんの段ボールですか」

「なんのって……ラッピング用品だよ。クリスマスの。一週間くらい前に届いてたでしょ？　瀬尾くんが倉庫に運んだんじゃない」

「忘れました」

「……探しておいてよ」

瀬尾は「たぶんないと思いますけど」と不吉なことを言って背を向けた。

このまま瀬尾を野放しにしては、またゲームでも始めかねない。そうなると他のスタッフたちが作業を開始するのが遅くなり、当然帰りも遅くなる。腕時計を見れば、すでに八時半を回っていた。

「私も探す」

桜子は、今のうちに済ましておきたかった作業を諦めて、瀬尾を追い越し倉庫へと向かった。


倉庫の重いドアを開けると、人感センサーが働いて電気がついた。

自分の背丈の倍はある棚を見回しながら、桜子は肩より少し長くなった艶《つや》のある黒髪を、手で束ねてねじり上げる。そして、胸ポケットに挿《さ》していたバナナクリップで素早く留めた。

「急がないと……」

すぐに見つかるだろうと思っていたが、段ボールの数は想像以上に多かった。しかも日付ごとに並んでいるはずの棚にも、その横に乱雑に積まれた山にも、まったく秩序というものがない。こんな状態を作ったのは、最近倉庫へ段ボールを運び続けている男に違いない。

ややしばらくして、瀬尾が入ってきた。事務所から二十秒もあれば着くはずの廊下を、どう歩けば何分もの時間がかかるのか、桜子にはまったく理解できない。

「瀬尾くん。置いた場所に心当たりないの？」

「ないです。毎日なにかしら運んでますし」

ごく緩慢《かんまん》な動作で段ボールを触りながら、瀬尾は「いちいち覚えてないんです」と言った。

怒ったら負けだ。人を変えようとしてはいけない。

自分が変われば人も変わる。――自己啓発本のフレーズが桜子の頭を過《よぎ》る。カッとして怒鳴ってしまいそうになったが、深呼吸をしながら言葉を呑み込む。

「とにかく、探して」

桜子は、今まで以上のスピードで段ボールの宛名をチェックした。時間がない。なにより全館のどこよりも早く帰れるように、と考えに考え抜いた作業分担の段取りを崩したくない。眉間のシワに構う余裕もなく、必死で手を動かす。

「あ。これ、なんですかね」

突然、瀬尾が彼にしては割合大きな声を出した。

「『これ』ってどれ」

「これです」

脚立《きゃたつ》に上って棚を調べていた桜子は、ガシャガシャと音を立てながら脚立を下り、瀬尾がいう『これ』の近くまで行く。段ボールの砦《とりで》の向こうの壁際に、いくつかの段ボールが見えた。

「あ！」

桜子の目に、段ボールからはみ出すキラキラとしたものが映った。ブルーと銀のモールだ。間違いない。今年は大人のラグジュアリーなクリスマスをイメージして、モールの色もシックなものになっている。

「あれだよ、あれ！　ああ、よかった～。もう、どうしようかと思った！」

「でも、そこの箱が動かないんすよね」

「どれ？」

「それです」

瀬尾は、目当ての段ボールへの進路を塞ぐ五箱ほどの塊を指さす。

「動かないって……段ボールでしょ？　ほんとに時間ないんだから、真面目にやってよ」

桜子は積まれた段ボールの一つを両手で抱え——ようとして動きを止めた。まったく動かない。

(あれ？)

いくら重いといっても紙の箱に入る物の重さなど、たかが知れているはずだ。一体なにを入れればこれほど根を張ったように動かない段ボールができ上がるのか。だが、今はそんなことを考えている暇はない。

「じゃあ、私が向こうに行って瀬尾くんに渡す。で、受け取ったらすぐにフロアに運んでもらいたいの。時間ほんとにないから」

そう言いながら、桜子は段ボールの山に足をかけた。

その時——

「うわっ……」

瀬尾がなんとも情けない声を上げた。

「なに？」

振り向くと瀬尾は上を向いて固まっていた。その視線の先には、今まさに棚から落ちようとしている段ボールがあった。

「あ……！」

逃げる間もなく、段ボールが桜子に迫る。

「キャッ!!」

頭を抱えてギュッと目をつぶった——のを境《さかい》に、桜子の意識は唐突に途切れた。

＊　＊　＊

神よ。

月の女神エテルナ様。

どうぞパンをお恵みください。

日がな一日リュートを奏《かな》でるばかりの息子のことは、もはや諦めました。

どうか、パンを——いえ、私のパンではございません。

私の力が及ばず、今日も飢えている南区の民に、どうかパンをお恵みください。

もう誰一人、死なせたくはないのです。

妻にも先立たれ、息子に背《そむ》かれ、もはや生きる希望さえございません。この命と引き換えに――

――夢現《ゆめうつつ》に声が聞こえた。


「痛……」

桜子は、身体中に痛みを感じて目を覚ました。ちょうど、フローリングの上でうっかり寝てしまった時のような痛みだ。なぜこんな硬いところで寝てしまったのか……頭の中が、直前の記憶を辿《たど》るのに忙しい。

ゆっくりと目を開きながら、桜子は自分が置かれていた状況を思い出した。

「いけない……！　早く戻らないと！」

ラッピングの入れ替え作業開始時刻まで、残り五分しかない。ガバッと身体を起こした桜子だったが、目の前に広がる『あり得ない光景』に、しばし口を開けてしまった。

「え……？」

そこは、石造りの十二畳ほどの空間だった。床は美しく磨《みが》かれた白い大理石だ。こんなところに寝ていたのでは身体が痛くなるのも当然だろう。

だが問題は、もっと深刻かつ重大だった。

何度まばたきをしてみても、『大國本店の四階倉庫』には見えなかった。棚もなければ、雑然と積み重なった段ボールもない。

その上、桜子自身が着ている服も制服ではなかった。

「え!?」

桜子は己《おのれ》の身を包む、白い布でできた服を見つめた。『古代ローマの女性の服装』として博物館に展示されていそうなものだ。更に足元を見れば、革のサンダルをはいている。言うまでもなく平成生まれの桜子のワードローブにはない。

手で触りながら服装を確認する。どうやら下着も、桜子が奮発して買ったラインが出にくい一枚三千円のベージュのショーツではないようだ。

「ちょ……なに、これ」

上には透け感のある羽織ものと、ノースリーブのワンピースだ。

ハッとして、桜子は自分の身体を抱きしめるように身を屈《かが》めた。が、すぐにその腕を放す。

(よかった。今は『ない』んだった)

桜子は、胸を撫で下ろした。先週、エステサロンで脱毛の施術を受けていたので、今はちょうど人前で出しても問題ない状態だ。タイミングによっては常に腕で脇のあたりをガードしなければいけないところだった。

だが、ムダ毛の件で安心している場合ではない。そもそもここがどこで、なぜ自分がここにいるのか、桜子にはまったくわからないのだから。

「う……」

背の方からうめき声が聞こえた。上ばかり見ていて気づかなかったが、桜子の後ろに瀬尾が倒れている。桜子と同じく、まるでローマ人のような格好をしていた。

「あれ……槇田さん……」

身体を起こして桜子の方を見た瀬尾は、あろうことかプッと噴き出した。

「好きなんですね、『建国記《けんこくき》』。それ、エテルナ様ですよね？　いやぁ、マニアックだなぁ。っていうか、槇田さんの年でコスプレってヤバくないですか？　ハタチまででしょ、許容範囲」

桜子には瀬尾の言葉の半分は理解できなかった。だが、最後の二十文字程度で十分に意図は汲み取れた。腹を立てるには事足りる内容だ。

「そういう瀬尾くんだって、あり得ない格好してるんだけど」

瀬尾は自分と桜子を交互に見て、「サンタ……ではないですね」と言った。

「ここ、どこですか」

「わかんない」

改めて周囲を見て、桜子はこの部屋にはドアがないという恐ろしい事実に気がついた。ガラスの入っていない窓が壁をぐるりと囲んでいるが、手を伸ばしても届かないような高さにある。そして、はめ殺しの石の格子《こうし》には、人が出入りできるだけの幅がなかった。

窓の向こうの空は明るく、ピーピピ、と鳥の声がする。少なくとも夜ではない。

「ちょっと待って……朝ってことは、ラッピングの入れ替え、もう終わったってことだよね……っていうか、今何時？　出勤――」

とっさに左手首を見るが、そこに腕時計はなかった。しかもバッグもなく、身分証もなければ財布もスマホもない。髪を留めていたバナナクリップも、去年のボーナスで買ったダイヤのピアスさえもなくなっていた。自分の身に、尋常ならざる事態が起きていることだけは間違いないようだ。

桜子はひとまず大きく深呼吸をした。

「とりあえず、出口を探そう。ここを出ないと」

自分を励ますように言うと、まずはドアを探して壁を調べ始めた。だが、やはりドアはない。

部屋の中央には四角い台座があるが上になにが載っているわけでもなく、ボタンがあるわけでもなかった。藁《わら》にもすがる思いで押したり引いたりしてみたが、ピクリとも動かない。

桜子は壁をもう一度、念入りに調べる。すると茶室の扉ほどの大きさだけ色が違う石を発見した。床にも、石を擦《こす》ったらしい跡が残っている。

「ここ、動くのかも……」

石を押す。だが、動かない。取っ手もないので、引きようもない。

どうやら外から押す構造になっているようだ。つまり、この建物は外から入ることはできても、入り口を塞がれてしまえば、中から出ることはできないということになる。

じわりと額《ひたい》に汗が浮く。水も食糧もトイレもないこんな場所で、このまま閉じ込められ続けたら――という最悪な予感に、焦りがどんどん加速する。

とにかく、なんとしても外に出たい。桜子は高い場所にある窓を見上げた。

「そこの窓から助けを呼ぼう。ちょっと瀬尾くん。踏み台になってもらえる?」

「マジですか」

桜子があちこちを探す間、ぼんやりと突っ立っていただけの瀬尾が、不満を漏らす。

「だって、高さ足りないし。ちょっと待って。サンダル脱ぐから」

桜子は瀬尾の返事を待たずに、屈《かが》んで足元のサンダルを脱ぐべく編み上げの紐に手をかけた。くるぶしあたりにある革の紐が解《ほど》きにくく、苦戦を強《し》いられる。

(こんなサンダル、いつはかせられたんだろう)

今、桜子の身体を覆っているものは、すべての自分で身に着けた覚えのないものだ。下着の形状も、サンダルの脱ぎ方もわからなかった。何者かの仕業だとしても、意識のない人間にこれらのものを身に着けさせるのは簡単なことではないだろう。

誰が？　なんの目的で？　考えれば考えるほど、気味が悪い。

「……どうぞ」

しぶしぶ、といった様子で瀬尾は四つん這いになった。

桜子は、体重をかけたら折れそうなほど頼りない瀬尾の背に足を乗せた。しかし、窓まであと少し高さが足りない。

「……ダメ。見えない。届かない」

すぐに桜子は瀬尾の背から下りた。

「肩車しますか？　高くはなりますよ。あ、全然気にしないでください。俺、三次元無理なんで。上、どうぞ」

意味のわからないことを言う瀬尾をスルーして、桜子は考えた。

このもやしのような男に肩車をさせるくらいなら、自分が肩車した方がよいのではないか。桜子は細身ではあるが、身長は一六十センチを超えているので、瀬尾との身長差は恐らく十センチもない。体重もそれほど大きくは違わないはずだ。

だが、瀬尾の報告では、情報が九割カットされて届くことになるだろう。となると、やはり自分が上になるべきだ、と桜子は判断した。

「じゃあ、お願いします」

屈《かが》んだ瀬尾の肩に足をかける。プルプルと震えながら瀬尾が立ち上がる様《さま》は、生まれたてのヤギのようだ。

「おっと……やば……」

「うわ！」

フラフラする瀬尾の助けになるように窓の格子《こうし》にしがみつく。

「そ、それ……ちょっと楽です……」

腕の力で身体を少しだけ持ち上げると、やっと外の様子が見えた。

「なに……これ」

桜子はポカンと口を開けた。

そこに広がっていたのは、日本に存在するとは到底思えない光景だったからだ。

「パ、パルテノン神殿……？」

「は？　そんなの日本にあるわけないじゃないですか。意味わかりません。……って、もう限界で

す！　下ろしますよ！」

　そうしてブルブルと震える瀬尾の肩から着地した桜子は、頭を抱えた。

　太い石の柱、白亜《はくあ》の建物──

「まずい……まずいよ、ここ、なんか文化遺産とかそんな感じだよ、絶対！」

『文化遺産でコスプレ。若者の非常識に地域の怒り爆発』『ここまで堕ちた？　若者の倫理観』──桜子の頭に、ネットニュースの見出しが過《よぎ》る。

　先ほど桜子の目に映ったのは、大きく荘厳な神殿のような建物だった。背の低い灌木《かんぼく》が生い茂る庭に、神秘的な泉がある、美しい光景だ。神殿の類《たぐい》でないとすれば、テーマパークか、結婚式場か、石油王の家か……それくらいしか考えられない。

「ここ、日本じゃないのかも……」

「は？」

「なんか犯罪に巻き込まれたとか……これ、拉致《らち》事件とかだったりしない？」

「銀座のど真ん中にあるデパートの倉庫から、わざわざ成人した人間を拉致ったりしますかね」

「でも……本当に、日本じゃないみたいなんだよ」

　神殿のような建物は、窓から覗いただけでは全体を把握できないほど大きかった。地震の多い日本で、こんな巨大な石の建造物が存在し得るのだろうか。

　もう一つ、桜子が気になっていることがある。気温だ。いくら北海道と比べて東京が暖かいといっても、十一月の半ばにノースリーブで外を歩けるほどではない。

「待ってくださいよ。日本じゃなかったら、一体どこだって言うんです？　神殿みたいな場所で、そのコスプレって……でき過ぎなんですけど」

「でき過ぎ？　なにが？」

「槇田さんのコスプレ、どう見ても『建国記』の――」

その時、鳥の鳴く声に交じって、人の声が聞こえてきたような気がした。

「……あれ？　せ、瀬尾くん、ちょっと静かに！　声が……！」

桜子は人さし指を口に当て、耳を澄ませた。気のせいではない。声は少しずつ大きくなっていく。

「本当です！　父上！　祭殿の中に女神様が！」

「バカも休み休み言え、ベキオ！　リュートの弾き過ぎで、いよいよ頭がイカれたのか！」

「黒い瞳を持つ黒髪の乙女です！　女神の化身に違いありません！」

桜子の耳に、はっきりと日本語が聞こえた。

（助かった……！）

「東区の貧民窟《ひんみんくつ》になら黒髪のゴロツキくらい、いくらでもいるだろ。ただの盗人《ぬすっと》だ。とはいえ、奴らも、まさか祭殿になにもねぇとは思ってなかったろうよ。命がけで忍び込んだってのに、気の毒なこった。肝心のご神体は売っぱらわれた後だったんだからな」

「ガルド。口を慎め！　だいたいあれは――」

「神官も女官も身内以外いねぇ神殿で見栄はんなって。おーい、盗賊ども、聞こえるか！」

声は三種類。三人とも男性のようだ。

「すみません！　私たちは盗賊ではありません！　大國本店の槇田桜子という者です！　警察に連絡させてください！」

ズズズ……

重い音がして、石が押し出されてくる。

「出て来い」

太い男の声を聞き、桜子は急いで扉をくぐった。

出られた。助かった。すぐにでも電話を借りよう。

しかし——安堵に緩《ゆる》んだ桜子の顔は、目の前の鈍い光の前に強張《こわば》った。刃物だ。——剣だ。

ペタン、と桜子は屈《かが》んだ格好のまま尻もちをついていた。

「え……え……!?」

「うわ……ッ」

後ろにいた瀬尾も、桜子と同じ格好で尻もちをついた。

桜子の目の前に立って、大きな剣を突きつけていたのは、ファンタジー映画かＲＰＧ《ロールプレイングゲーム》に出てきそうな風貌の、赤茶のヒゲを生やしたクマのような大男だった。

先ほどの会話は日本語で交わされていたのに、クマ男はまったく日本人には見えない。

「よりによって、このエテルナ神殿に盗みに入るとはいい度胸だ。だがこの剛腕のガルド様の身内を狙ったのが運の尽き——」

「剣を下ろせ！　ガルド!!」

大男の横にいた、五十代ほどの哲学者のような風貌の男が、クマ男を強い声で止める。こちらもやはり日本人には見えない。服装は、瀬尾が着ていたものとほとんど同じだ。

「あぁ……月の女神が……！　エテルナ様！　我が願いを聞き届けてくださいましたか！」

哲学者のような男は、叫ぶなり床に両膝をついて平伏した。その横にいた、オレンジがかった金髪の、ダビデ像に似た美青年も同じように膝をつく。

「ただの盗賊じゃねぇのか？」

――シャラン。

クマ男が剣を鞘《さや》に収めた音を聞いて、桜子はその剣が偽物ではないことを確信した。

冷や汗が背をつたう。

「ようこそ……ようこそおいでくださいました……！　皆、頭《ず》が高いぞ！」

哲学者のような男の声に、クマ男も渋々といった様子で膝をついた。桜子と瀬尾は、尻もちをついたまま唖然《あぜん》とする他ない。

この一団のリーダーらしい哲学者が、短い白髪《しらが》交じりの亜麻色の頭を上げた。そして桜子に手を差し伸べ、身体を引き起こす。瀬尾はクマ男に起こしてもらっていた。

（これ、どういうこと？）

状況の呑み込めない桜子に構わず、哲学者は左胸に右手を当てて恭《うやうや》しく礼をした。

「エテルナ神殿の神官長ブラキオと申します。こちらは不肖《ふしょう》の息子ベキオです」

ブラキオと名乗った男は、隣にいる美青年を示した。

「こちらは同じく不肖《ふしょう》の弟ガルドです」

ブラキオの息子である美青年ベキオと、ブラキオの弟であるクマ男ガルドも、そろって胸に手を当てて礼をした。

「心から歓迎致します。エテルナの巫女様」

ブラキオはもう一度、歓迎の言葉を述べた。

桜子と瀬尾は互いの顔を見て「どういうこと？」「わかるわけないじゃないですか」と囁《ささや》き声で言い合う。

石造りの建物に、日本人には見えない容姿で日本語を話す人々。まったくこの状況が理解できない桜子は、「電話をお借りできますか？」という言葉も発することができなかった。

ガルドはブラキオと二言三言交わした後、ズンズンと大股で帰っていった。ベキオはガルドより先にパルテノン神殿のような建物の方に走っていった。桜子の前を歩くのは、神官長のブラキオだ。

「さ、どうぞ、こちらへ」

ブラキオは、白いレンガの敷き詰められた道を先導する。ついて行くべきか一瞬迷ったが、ひとまず従うことにした。

エテルナ神殿の神官長――とブラキオは名乗っていた。ここは見た目の印象通り神殿らしい。しかし、桜子は『エテルナ』という神を知らない。神の名前ではなく、出雲大社《いずもたいしゃ》のように地名を冠しているのかもしれないが、いかにアイヌ語が語源である北海道の難読地名に慣れた桜子でも、『エテルナ』という地名は聞いたことがなかった。

ブラキオに誘《いざな》われ、二人は太い柱がそびえ立つ荘厳な神殿の中へと入っていく。

天井の高い、大きな空間が広がる建物だ。お香でも焚《た》いているのか、ウッディな香りが漂《ただよ》ってくる。

神殿の中で左に曲がると、また外に出た。すると平屋になった石造りの建物が見えてくる。かなり分厚いガラス窓に、カーテンが掛かっている。そこが生活の場のようだ。

こぢんまりとした池のある中庭を囲む形で、棟が正面と左右に分かれている。それぞれの棟をつなぐ回廊の途中でブラキオは足を止めた。

——電話をお借りできますか？　という言葉が喉まで出かかったが、桜子は結局口に出せなかった。あまりにも目の前の事柄が現実離れしていて、自分の『常識的な行動』の方が非常識に思えてならなかったからだ。

「こちらから先は、女宮《おんなみや》になっております。あとは私の姪がお世話をさせていただきます」

ブラキオは骨ばった長い腕で左側の棟を示した。ここで、桜子と瀬尾はそれぞれ別の棟に案内されるということだろう。

「失礼致します」

左側の棟の扉が開き、ぺこりと礼をしてから亜麻色の髪の少女が出てきた。胸に手を当てて礼をする彼女の服装もやはりローマ風で、膝下丈のワンピースを着ている。

「ミリアでございます。どうぞなんなりとお申しつけくださいませ」

年の頃は中学生か高校生くらいだろうか。ミリアは緊張した面持ちで、しかし頬を紅潮させ、輝くスミレ色の瞳で桜子を見ている。そのまっすぐな敬意のこもった眼差しに、桜子は戸惑った。

「巫女様にお仕えできるとは、一生の誉《ほまれ》でございます。どうぞ、ごゆるりとお過ごしくださいませ」

「ひ、人違い……されてませんでしょうか」

桜子は、北海道生まれ、東京在住のデパート勤務のＯＬであって、『巫女様』などではない。

こちらから詐称してはいないが、取り返しのつかないことになる前に、この誤解を解くべきだと思った。

「あの……私、大國デパート本店勤務の槇田桜子と申します。こっちは瀬尾で――」

ポン、とブラキオは手を打った。

「失礼致しました。貴《とうと》きお方を俗名《ぞくみょう》でお呼びするのは世の常。マキタ様に、セオ様、でございますね」

桜子の自己紹介も空《むな》しく、事態は更に悪化する。

「あの、違うんです。名前のことではなくて……その、ブラキオさんのおっしゃっている巫女というのと、私は別人で――」

ブラキオはゆっくりと首を横に振った。

「その艶《つや》やかな黒髪、その夜闇《よるやみ》の色の瞳。それにそのお召し物。まさしくエテルナ様の化身でございます。エキュリオ様まで伴われ、伝承の通り祭殿の中から現れた貴女様が、エテルナの巫女でない理由がございませぬ。……よくぞ……よくぞ、この神殿へ……」

ブラキオは目元をグッと腕で拭うと、改めて「ようこそおいでくださいました、マキタ様」と言った。桜子を『エテルナ様の化身』と呼んだことから、エテルナというのは地名ではなく、神の名前だということがわかる。

「いえ、あの、私は……」

「ミリア、マキタ様はお疲れのご様子。食事の時間まで休んでいただくように」

「はい、ブラキオ様。さ、マキタ様。こちらへどうぞ」

「セオ様はこちらへどうぞ。男宮《おとこみや》へご案内致します」

ミリアが桜子を女宮へ、ブラキオが瀬尾を男宮へと導く。

（どうしよう。これ、絶対ややこしいことになりそう）

ソワソワと落ち着かない気持ちのまま、桜子はミリアの後をついて行った。


ギギ……

扉を開けたミリアの先導で、女宮の中へと入る。廊下の両サイドは、ホテルのように木の扉が規則的に並んでいた。

「こちらが女宮になっております。以前はここもいっぱいだったのですが、今は——あ、いえ、失礼致しました。マキタ様にお使いいただくのはこちらの部屋になります。私の部屋はすぐ隣にございますので、なにかあればいつでもお呼びください」

ギギッという蝶番《ちょうつがい》の鈍い音と共にドアが開いた。部屋は八畳程度の広さで、木のベッドと胸の高さほどの棚が二つ、あとは小さなテーブルセットと木のベンチがあるだけのシンプルな空間だ。

次第に桜子の鼓動が速くなり、握りしめた拳《こぶし》が汗ばんでくる。

「居住区の中央にございます奥宮《おくみや》には、厨《くりや》や食堂がございます。お食事の際は食堂へお越しください。事務室や神官長の執務室も奥宮にございます。風呂は――」

ミリアが説明する声が、だんだん遠くなっていく。

コンセントがない。照明もない。どんなテーマパークにも、雰囲気を壊さないような工夫はしてあっても『非常口』くらいはあるはずだ。だが、桜子はこの神殿で一度もそれを見ていない。

だから桜子は、ここでも「電話をお借りできますか？」という言葉を口にできなかった。その質問にどんな答えが返ってくるのか、想像がつかない。

「……ありがとうございます。ミリアさん、ちょっとお願いがあるんだけど……」

桜子が尋ねようとすると、ミリアは困り顔を見せた。

「マキタ様。どうぞミリアとお呼びください。私は巫女様にお仕えする身でございます。そのように丁寧なお言葉、もったいのうございます」

もう桜子はこの場のルールに逆らう気力を失っていた。多少の抵抗はあったが、思い切って「ミリアちゃん」と呼びかける。

「ちょっと瀬尾くんの部屋を訪ねてもいいかな。少し話がしたいの」

ごく簡単な依頼のつもりだったが、ミリアは顔色を変えた。

「いけません！　男宮に女性が入ることなど、あってはなりません。常乙女《とこおとめ》たるエテルナ様の巫女様であれば尚更でございます！」

「わ、わかった。ごめん」

予想外の強い制止に、桜子はすぐに謝った。

「弟君とお会いになられることに問題はございません。奥宮でも中庭でもご自由にお使いください。男宮の内部と連絡を取る際には、入り口の鐘をお使いいただきます。今、ご案内致します」

「あの――」

桜子は、ドアに手をかけたミリアを呼び止めた。

電話のことはともかく、これだけは聞かねばならない。

忙しい呼吸を繰り返しながら、桜子は思い切ってある質問をした。

「『日本』って……わかる？」

ミリアは桜子を見つめて、まばたきを二度した。返事がくるまでのほんの数秒が、ひどく長い。

「ニホン……でございますか？」

聞き慣れない言葉を聞いた、というようにミリアは小さく首を傾《かし》げた。

――ぞわっと鳥肌が立つ。

「それは、マキタ様の故郷《おくに》の――東方《とうほう》の言葉でしょうか？」

東方。極東。ヨーロッパ基準で言えば日本は東の果てにある。この日本ではないらしい欧米人風の人たちが、アジアを『東方』と呼ぶのは自然なことに思えた。日本自体は存在していても『日本』という名で呼ばれていないのかもしれない。まだ、一縷《いちる》の望みが残っている。

「ミリアちゃんは、私が、その……東方の人間だってわかるの？」

「エテルナの巫女様は、東方からいらっしゃるものと伝わっております。それに、そのお髪《ぐし》の色は東方の人々に多いので、私にもわかります。東区でダイヤンの商人を見たこともございます。あとは、東方の国といえば……オーウェン、ポヴァリ、ゼペル……」

ミリアは日本語を話しているのに、『東方の国々』の名前は、どれも桜子の知る世界の国名とは異なっていた。

——ここはどこ？

この世界を知れば知るほど、『ここは日本ではない』という証拠が固められていくようだ。ここまでくると、桜子の知る世界とは別の——『異なる世界』にいるのではないかとさえ思えてくる。

ミリアに案内され、桜子は女宮と左右対称に配された男宮の前に立つ。

「男宮にご用の際は、こちらの鐘を鳴らしてくださいませ」

キーン。

ミリアが細い鎖を揺らして、扉の横にあるシンプルな形の鐘を鳴らす。素朴なカウベルのような音を想像していたが、鐘の音は美しく澄んでいた。

カタ、と音がして、扉の覗き窓が開く。

「あぁ、マキタ様でございましたか」

明るい綺麗な青い瞳が見えた。ブラキオの息子のベキオのようだ。

「ベキオさん。セオ様をお呼びしてください」

ミリアが頼むと、カタ、と覗き窓が閉まった。

「マキタ様。では私は失礼致します。お食事の時間にお呼び致します」

丁寧に、胸に手を当て礼をしてから、ミリアは奥宮の方に向かっていった。

ギギ……

男宮の扉が開き、瀬尾が雑な会釈《えしやく》をして出てきた。

「瀬尾くん。そっちは大丈夫だった？」

「とりあえず無事です」

瀬尾は中庭の日かげになったベンチに腰を下ろした。

ローマ人のような服装でも、短髪で、のっぺりとした顔の瀬尾が着ると、ものぐさな修行僧のようにしか見えない。その猫背具合を見ていると、桜子はひどく不安になった。なぜ、ここにいるのが瀬尾なのか。せめて一緒にいるのが、五階フロアチーフの吉岡《よしおか》だったら——いや、七階フロア担当の三谷《みたに》くらいの良識ある人ならば、桜子も少しは救われたはずだ。だが——瀬尾だ。この不運な巡り合わせを呪う言葉が、とめどなく胸に湧いてくる。

はぁ、と重いため息をつき、桜子は瀬尾から少し離れたところに腰を下ろした。

「そもそも『エテルナ様』ってなに？」

「月の女神ですよ」

桜子の質問に対し瀬尾は、簡単に答えた。

「エテルナなんて神様、聞いたことないんだけど。ギリシャ神話とかローマ神話……インドにも中国にも、日本の神話にも出てこないよね？」

「俺……知ってるんですよね」

なにを？　と聞くより先に、瀬尾が荘厳な神殿を見上げながら言った。

「この世界を」

突然スピリチュアルなことを言い出した瀬尾に、桜子は警戒心をむき出しにしてベンチの端まで移動した。そちら方面はどうにも苦手だ。

「――『塔のある翡翠色の瓦《かわら》の王宮を囲む、石造りの美しい都』『七つの丘には七つの神殿があり、神々が祀《まつ》られている』」

「……なにそれ」

瀬尾の言葉はスピリチュアルではなかったが、まったくもって意味不明だった。

「『建国記』……です。『ガシュアード王国建国記』」

「ごめん。なに言ってるかわかんない」

瀬尾は、眉間にシワを寄せた。その表情には覚えがある。桜子がこの四ヵ月、瀬尾に対して毎日のように見せていた『このバカにはどう説明したら通じるのか』という顔だ。

「『ガシュアード王国建国記』っていう、ファンタジー小説があるんです」

瀬尾は小さなため息の後で、説明を始めた。

「全一〇〇巻予定で始まって、ええと……最終的に一〇五巻までだったと思いますけど、とにかく作者が死ぬまで年に五、六冊くらいの勢いでじゃんじゃん出てたんです。――その、世界観そのままなんですよ。ここ。エテルナってのは、その『建国記』に出てくる女神の名前です」

まったく話が読めない。だが、それは桜子を四ヵ月間イライラさせ続けた瀬尾のビミョーな言語能力のせいではないようだ。

「エテルナっていうのは、王都の七つの丘にある神殿に祀られている神様の一人なんです。たぶん、オリンポスの神々みたいな感じって言った方が、わかりやすいと思うんですけど……」

「ギリシャ神殿のアルテミスみたいな神様ってことでしょ？」

「そうです。そんな感じで、この世界で月の女神といえばエテルナなんです。物語の中でも活躍する、重要な女神で――ちなみに『建国記』は、のちに王となるヒーローが、神々の加護を受けて英雄たちを率《ひき》い、この王都にあった前王朝を滅ぼして、ガシュアード王国を建てるっていう話です」

ファンタジー小説としては、特に突飛《とっぴ》なストーリーではなさそうだ。突飛なのは、自分が今、そのファンタジーの世界にいるかのような状態に陥《おちい》っていることの方だろう。

「つまりエテルナっていうのは、その小説の中にしか出てこない女神様ってこと……だよね？」

「そうです。だから今は、まるきり『建国記』の世界にいるみたいな感じなんです」

「ってことは……ここは、そのファンタジー小説のモデルになった国……ってこと？」

ファンタジー小説の中にいるようだ――などという言葉をそのまま呑み込めるほど桜子の頭はお花畑にはなっていない。だから、そう考えるのが一番自然な気がしたのだ。

「わかりません。でも、日本語がこんなに普通に使われている、日本以外の国なんてものがあるのかって話ですよ」

神殿にいる欧米人にしか見えない人たちは、桜子たちの存在に気づく前から日本語で会話していた。『日本語を母国語にする日本以外の国』が、この地球上にあるとは思えない。万に一つあったとして、その存在を日本人が知らず、相手も日本のことを知らない、ということがこの二十一世紀にあり得るだろうか。

「私……さっき、ミリアちゃんに聞いてみたんだよね。『日本って知ってる?』って」

先ほどのやりとりを思い出し、桜子は自分の腕にできた鳥肌をさすった。

「『知らない』って言ってた。ジャパンとかリーベンとか、ジャポネとか、そういう単語の違いっていうレベルじゃない感じっていうか……」

「『日本なんて国を知らない』って、日本語で言ったんですよね?」

瀬尾の言葉に、桜子はうなずいた。

「それなのに、いきなり『エテルナの巫女』って……意味がわかんない。あのドアのない建物だって、好きで入ったわけじゃないし——あ、そうだ。そういえば瀬尾くん、私の格好見て、すぐに『エテルナ様のコスプレだ』って言ったよね? なんでわかったの?」

ブラキオは桜子を『エテルナの巫女』であると判断した根拠に、祭殿から出てきたことの他、目と髪の色に加え、服装のことも挙げていた。しかし、瀬尾までが桜子の格好を『エテルナ様のコスプレ』と判断した理由は、さっぱりわからない。

「そ、そのままだからですよ。挿絵に出てくるし、アニメ化もしてますから、『建国記』を知ってる人なら、槇田さんの今の格好見て十人が十人同じこと言いますよ。『エテルナ様のコスプレだ』って」

桜子は『エテルナ様』を知らないし、その『建国記』という物語も知らないので、桜子が『エテルナ様のコスプレ』をする動機はない。

「へえ……そのエテルナって女神様の髪は黒かったの？」

「この世界……いや、少なくとも『建国記』の世界では黒髪は珍しいんです。主要キャラにもいましたけど、わざわざ『黒髪の』って二つ名がついてましたし」

「その、エキュリオだっけ？　その神様も黒髪なの？」

「はい。姉弟《きょうだい》です」

つまり、誰が見てもエテルナ様っぽい格好をした黒髪黒目の女と、同じく黒髪の男という実に紛《まぎ》らわしい風体の二人組が、伝承の通りにあの祭殿に現れた、ということになる。

「とりあえず、勘違いだってことは伝えないと……」

桜子を『エテルナの巫女』と呼んだブラキオの喜びようから、巫女はなにかを期待される存在のようだ。だが、桜子がその期待に応えられる見込みはまったくない。できるだけ早期に誤解を解くべきだろう。

だが――

「とりあえずいいんじゃないですか？　『エテルナです』『エキュリオです』って顔してれば」

瀬尾は他人事《ひとごと》のように言った。

「そういうわけにはいかないよ。人違いされてるんだし」

桜子は幾分のいら立ちを隠さず顔に出した。だが、瀬尾はまったく怯《ひる》まずに続ける。

「路頭に迷うことになってもいいんですか？　俺はご免です。さっき、あのクマみたいな男に剣を突きつけられたの、忘れたんですか？　銃刀法がないとこにいるってことですよ。『日本なんて国を聞いたこともない』って言ってる人がいる国に、日本大使館なんてあると思います？　身分を証明できるものをなにも持ってない俺たちが、この神殿のご本尊《ほんぞん》みたいなもののあるとこに忍び込んでましたってことで、警察に突き出されたらどうなるか、わかったもんじゃないですよ。国が違えば刑法だって倫理観だって違う。死にたくないなら黙っててください」

瀬尾は桜子に反論の隙を与えずに喋《しゃべ》り切った。

今、自分たちは文化も習慣も違うらしい――日本ではないどこかの国にいる、という可能性を考慮すれば、瀬尾の言うように今は事を荒立てるべきではないのかもしれない。

桜子は「わかった」とうなずいた。

そして改めて、辺りを見渡す。

白亜《はくあ》の神殿。石造りの建物。十一月半ばのはずなのに、カラリとして心地いい初夏のような風。高い空。突然変わった自分たちの格好。吹き替え映画のように日本語を話す、欧米人にしか見えない人たち。すべてに現実感がない。

だからといって、ファンタジー小説の中にいるなど、認められるものではなかった。

「その『ナントカ建国記』って書いたの日本人？」

「『ガシュアード王国建国記』です。作者は日本人ですよ。ヒロイックファンタジーなのに、キャラクターが『仏の顔も三度まで』って言ったって話題になってましたし」

見渡す限り、ロケーションに和風な要素は少しもない。

「ちょっとホトケサマ……って感じじゃないよねぇ」

瀬尾も「ですね」と相槌《あいづち》を打つ。

これは、いかに昨年の人事考課で『臨機応変な対応』でAプラスを獲得した桜子であっても、処理できる案件ではない。

（お腹空いた……）

桜子は、自分の腹に手を当てた。段ボールを探していたせいで、夕飯代わりの仕出し弁当を食べ損ねた。ふと横を見れば、瀬尾も腹のあたりに手を置いている。

「お腹空いたね」

「……ですね」

口にすると、なおさら空腹を感じてきた。人間生きていれば腹は減る。次第に頭の中が、今すぐに腹を満たしたいという欲求で埋め尽くされていく。

その時、パタパタと足音が聞こえてきた。桜子がパッと振り向くと、ミリアが中央の棟から出てきたところだった。

「失礼致します。お食事の用意が整いました。どうぞ食堂へお越しください」

「ありがとう！」と心からの感謝を伝え、ミリアの後ろについて奥宮に入る。

事務所や厨房《ちゅうぼう》の場所などを教えてもらいながら食堂に向かう間、桜子が心配したのは、『水をそのまま飲めるのだろうか』『この国の料理は日本人の口に合うだろうか』ということだった。幸い、独特なスパイスの香りなどは漂《ただよ》っていない。それどころか厨房の近くを通っても、なんの匂いもしないので、出てくる料理の想像がつかなかった。

食堂で席につくと、空腹を抱えた桜子の前にトレイが置かれた。ミリアが「ごゆっくりどうぞ」と言って下がっていくのを見送り、桜子はテーブルをはさんだ向こうに座る瀬尾の顔を見た。

「これ……ナン？」

「……に、見えますね」

トレイの上にある皿には、ナンが一枚載っていた。インドのカレー料理で出される、雫《しずく》の形をしたものだ。他には厚いガラスのグラスに入った、ワインらしき飲み物がある。

（メインの料理が、後で出てきたりするのかな）

まさか、夕食がこのナン一枚だけで終わりということはないはずだ。きっとない。そう信じて桜子は空になった皿とグラスを前にして待っていたのだが——

「お食事はお済みですか？」

とミリアが入ってきた瞬間に、希望は打ち砕かれた。あのナンを、もっとよく嚙んで食べるべきだったと心から悔やんだが、後の祭りだ。

部屋に戻った桜子は、空腹と心細さに涙しながら硬いベッドに入った。

——帰りたい。家に帰りたい。実家に帰りたい。母に会いたい。義父《ちち》に会いたい。友人たちに会いたい。仕事に戻りたい。薄いシーツに、薄い蒲団《ふとん》。ナンだけの食事に、大嫌いな部下。人違いをされたままだという良心の呵責《かしゃく》。未来への不安。

なにもかもが最悪だった。


次に目を覚ましたら、いつもの朝に戻っていればいい——という期待は裏切られ、桜子が朝になって目覚めた場所は、エテルナ神殿の女宮の真ん中にある、桜子に与えられた私室のベッドの上だ。

「おはようございます。マキタ様」

空腹のあまり、軽く立ちくらみがする。覚束《おぼつか》ない足取りのまま、桜子は奥へと案内された。美しい白亜《はくあ》の神殿の奥では、水が湧き出す泉が、朝の光にキラキラと輝いている。しかしこの美しいロケーションも、空腹にすさんだ桜子の心には響かない。

「巫女様にはこちらで沐浴《もくよく》をしていただきます。お済みになりましたらお声がけください」

長椅子の上に、濡れた身体を拭くための布と、着替えらしきものが置かれている。

「ごめん。ちょっと……ええと、いろいろこちらの国の習慣とか、衣類の扱いがよくわからないの。教えてもらえるかな」

ミリアは、桜子に下着を含めた衣類の身につけ方を丁寧にレクチャーした。衣類はそれほど複雑な構造のものではないので、なんとか一人でも脱ぎ着できそうだ。

問題は、そこに用意されていたもう一着のエテルナの衣装だった。

「これ……神殿の制服なの？」

「神殿に伝わる、巫女様の装束《しょうぞく》でございます」

そんな伝統の衣装と同じデザインの服を着ていたならば、ブラキオが勘違いするのも当然だろう。

沐浴《もくよく》の後、桜子はやむを得ず用意された巫女装束を身につけた。今はまだいい。脇は処理済みでツルツルだからだ。しかし、ここでの滞在が長引いてしまった場合、非常に危険な状態になる。

（こんな格好させるなら、ちゃんと脱毛コース完了するまで待ってくれればいいのに！）

空腹で、気も短くなっている。腹の中でカミサマの類《たぐい》に悪態をつきながら、中庭に出た。


中庭には、瀬尾がいた。やはり空腹がこたえているのか、ベンチの上で猫背を更に丸くしている。

「なんでこんなことになってるんだろ……」

「わかんないです」

桜子は眉に深くシワを寄せて瀬尾を軽くにらんだ。

「だいたい、瀬尾くんはその『ナントカ建国物語』を読んだことがあるから、それなりに必然性があってここにいるのかもしれないけど……！」

「いや、そんなバカな話ないですよ。フツーに本屋に売ってる本ですよ？」

「少なくとも私は、そんな本のこと知らないもの」

まったくもって理不尽な状況にいら立ち、桜子は立ち上がって池のあたりをウロウロと歩き回った。

その目の端で、白い物が動いた。ブラキオだ。

（どうしたんだろう。なんかシリアスな雰囲気なんだけど……）

ブラキオは、桜子が自分の存在に気づいたことを察したようで、一度足を止めて会釈《えしゃく》をした。

胸騒ぎがする。人違いに気づいたのだろうか。神殿《ここ》から出て行け、と言われれば出て行く他はない。

本来、桜子たちは神殿と無縁の存在だ。

「申し訳ございません」

いきなりの謝罪に、ますます桜子は気が気ではなくなった。固唾《かたず》を呑んで続きの言葉を待っていると、ブラキオは胸に手を当て深々と頭を下げた。

「女神様を崇《あが》め、巫女様をお守りすべき神官として、あるまじきことだと思っております。お許しを。恥を忍んでお報せ致します。――この神殿には、もう食糧がございません」

予想とはずいぶんと違う内容だ。桜子は瀬尾と顔を見合わせ、ブラキオの言葉の続きを待った。

「貴《とうと》い巫女様のお食事もご用意できぬなど……真に申し訳ございませぬ！　明日には、明日には……」

ブラキオが膝をつく。桜子も慌てて膝をつき、ブラキオと目線を合わせた。

「こちらが勝手に押しかけてお世話になってるんです。どうか、謝らないでください」

「本来であれば、私どもが……」

ブラキオは言葉を止め、苦しげにギュッと目をつぶった。額《ひたい》には脂汗《あぶらあせ》が浮いている。

「ブラキオさん……具合、お悪いんですか？」

桜子の言葉に、ブラキオは「大事ありません」と聞き取りにくい声で返す。そして立ち上がりかけた身体が、ぐらっと傾《かし》ぎ——どさりと倒れた。

「きゃああッ！　だ、誰か……！」

叫んだはいいが、誰か、と助けを求めたところで、そこにいるのが瀬尾である以上、なんの期待もできない。だが、今は道連れが瀬尾であるという運命を呪う間も惜しい。

「瀬尾くん！　ミリアちゃんとベキオくん呼んできて！」

「ど、どこにいるんですか」

桜子は瀬尾の危機感のない質問を無視して、ブラキオの様子を注意深く見た。呼吸は多少荒い程度で、鼓動も速いが規則的だ。とにかく顔色が悪いことが気にかかる。

（もしかして、貧血？）

今朝から自分が感じている軽い眩暈《めまい》の感覚と、昨夜の食事を思い出す。

心から『巫女』を歓迎しているブラキオが、桜子たちにナン一枚だけの食事を提供して、自身がそれより豪華な食事を摂ったとは考えにくい。もしかすると、彼は空腹から立ちくらみを起こしたのではないか、と桜子は考えた。

「ブラキオ様！」

パタパタと慌ただしい足音が聞こえてきた。ミリアだ。

「申し訳ありません。マキタ様」

駆け寄ったミリアは、手慣れた動きでブラキオの状態を確認する。

「急に倒れたの。顔色もすごく悪くて……こういうこと、以前《まえ》にもあった？」

眉をきゅっと寄せ、ミリアは首を横に振った。

「ご心配にはおよびません。ご迷惑をおかけしました。……ベキオさんを呼んできます。部屋にお運びしなければ」

ミリアは桜子から目をそらしたまま、パタパタと男宮の方へ走っていった。

キーン、とミリアの鳴らした鐘の音が聞こえてくる。だが、すぐにミリアは一人で戻ってきた。ベキオは近くにはいないようだ。

やむを得ず、男宮に入るのをためらうミリアと、危機感のない瀬尾の手を借りて、桜子はなんとかブラキオを部屋まで運んだ。

桜子は軽い眩暈を感じて壁に手を突く。横を見れば、ミリアが今にも倒れそうな様子でしゃがみこんでいた。「大丈夫？」と声をかけると「恐れ入ります。大丈夫です」と答えが返ってきた。ブラキオだけではない。ミリアも顔色が悪く、不健康なほどに痩せている。特に肘のあたりの骨の浮き具合は、息を呑むほどに痛々しかった。

「ミリアちゃん。ちょっと聞きにくいこと聞くけど……、ちゃんと食事してる？」

顔を上げたミリアの青い顔に戸惑いが浮かぶ。それでも桜子は「教えてほしいの」と言葉を重ねた。

「実は……」

ミリアは重い口で、昨夜の桜子たちに提供されたナンが、本来ブラキオ親子のその日初めての食事になるはずだったと告げた。桜子と瀬尾にナンを譲り、自分たちは残りの一枚を分け合って食べたのだという。そして、すでに何日も一日一食の生活を続けているということも。

（そんな……）

「このような形で巫女様のお心を煩《わずら》わせましたこと、深くお詫び申し上げます」

こんな事態になっても尚、ミリアは『エテルナの巫女』に謝罪していた。

ここで、桜子ははっきりと命の危機を認識した。そして、恐らくは自分より前に、ブラキオやベキオ、ミリアが、桜子に「申し訳ありません」と謝りながら飢えて死ぬ、とも思った。

バタン、バタン！

扉という扉を開けて、口に入れられるものがないか探した。厨房《ちゅうぼう》は広く、業務用サイズの鍋釜の類《たぐい》がたくさんある。木やガラスの食器も数が揃っている。だが——必死の捜索も空《むな》しく、見つけられた食糧はわずか一〇〇グラム程度の小麦粉と塩だけだった。

——このままでは、死ぬ。

今ここで自分が死ねば、桜子の母親は永遠に帰らない娘を待ち続けることになる。それだけは絶対に回避しなければならない。

厨房を出ていこうとする桜子に、ミリアが追いすがる。

「マキタ様、どちらへ!?」

「とにかく食糧を手に入れないと。ブラキオさんをあのままにしておけない」

「お待ちください！　私が……きっと、なんとか致します。夜には……」

ミリアのスミレ色の瞳が、涙で潤《うる》んで揺れている。そして「なんとか致します」と繰り返し言い、ミリアは胸の前で手を組んで祈るような仕草をした。

「なんとかするって……ミリアちゃん、仕事してるの？」

「あ、あの……ただ、酒場で……いえ、あの……」

見たところ中学生ほどの年齢のミリアが、夜に酒場で働いていると聞いて桜子は眉をひそめた。その表情を、怒りと理解したのか、桜子を見るミリアの表情に怯《おび》えが走る。

「申し訳ございません！　常処女《とこおとめ》であられるエテルナ様にお仕えしながら……お許しください」

ミリアが何度か瞬《まばた》きをすると、涙がポツポツと石の床で跳ねた。

「お許しください……父母を失い、私にはここしか居場所がございませんでした。ブラキオ様は命の恩人です。なにを失っても、ブラキオ様を支えることが、私にとっては……」

ミリアの言う『酒場で働いている』という意味を、桜子はわずかな時差を経て理解した。

常乙女の女神が、侍女の不貞に怒るという話はギリシャ神話にもある話だ。ならばミリアが桜子に許しを乞うて泣いている理由は、一つしかないだろう。

だが、桜子は、エテルナ様でもなければエテルナの巫女でもない。

飢えて倒れたブラキオを助けるために、ミリアがどれだけの覚悟をもってそういった行為で金銭を得たのか。そして今もまた、桜子たちのために繰り返そうとしているのか——それを思うと、目に涙が浮かぶ。だが、今は涙に意味などない。

「ミリアちゃんが謝らなきゃいけないことなんて、一つもない」

泣き崩れるミリアを置いて、桜子は廊下に出た。

（ベキオくんはなにやってたわけ!?）

ズンズンと神殿の方へと向かう途中、リュートの音が耳に入った。音は神殿の向こうから聞こえてくる。桜子は音を辿《たど》って神殿の真ん中にある祭壇らしきものを迂回《うかい》し、更に進んだ。

やがて、神殿の入り口のあたりに腰をかけ、リュートを弾いている美青年を見つける。

「ベキオくん！」

桜子は絵画のような光景に向かって声をかけた。今日のベキオはローマ風の格好ではなく、淡い水色のシャツに、腿《もも》のあたりで少し膨らんだ黒いボトムをはいていた。そういえばミリアも、朝に桜子の身支度を手伝った後は、普段着らしいワンピースに着替えていたので、ローマ風の服装は神殿の制服のようなものなのだろう。

「め、めが……いえ、マキタ様、いかがなさいました!?」

ベキオは慌ててリュートを置き、胸に手を当てて頭を下げた。彫刻のように綺麗な姿をしているが、ベキオもひどく痩せていて顔色もよくない。

「ベキオくんって、仕事してるの？」

「いずれは吟遊詩人として諸国を旅したいと願っております」

ベキオは屈託ない笑顔で答えた。桜子は、この美しい青年を、ニートなバンドマンのようなものだと理解する。

「じゃあ、どうやって暮らしてるの？　スネかじり？」

『スネかじり』という単語は通じないだろうか、と他の言い回しを考えているうちに、ベキオが「はい」と答えた。どうやら通じたようだ。

「叔父の援助を受けております」

叔父というのは、いきなり桜子たちに剣を突きつけてきたクマ男のことだ。

「それで貴方は……なにをしているの？」

「リュートを爪弾《つまび》いております」

ベキオは、リュートを大事そうに抱えて言う。

不意に、この神殿で目覚める前のことを思い出した。

明日のパンを。息子はもう駄目です。リュートばかり。女神様。——あれはベキオのことを嘆くブラキオの声ではなかったか。

ミリアの涙と、わずかな小麦粉と、瀬尾の阿呆面と、ブラキオの蒼白な顔が、桜子の頭の中を駆け巡る。

食糧がほしい。そのためにも、まずは金がほしい。金を稼ぐ目途《めど》など立っていないが、ここで座して死を待つ気はない。

「このベキオ、マキタ様に曲を捧げさせていただきます。貴女様の憂《うれ》いが晴れるよう……」

リュートの弦が弾かれ、綺麗な和音が響く。頼んでもいないのに、オレンジ色の巻き髪の美青年は弾き語りを始めようとしていた。歌など聴いても腹の足しにはならない。だが——

「あ！」

桜子は、目の前に宝の山を見つけたような思いで、手をポンと叩いた。

「ベキオくん！　この界隈《かいわい》で、一番雰囲気のあるところに連れていって。噴水とか、バラとか、そういうものがある場所！」

「……と言いますと、愛を語らうに相応《ふさわ》しいような場所でございましょうか？」

「そう。それ！」

ベキオはにこりと微笑むと、桜子の手をさっと攫《さら》い、手の甲に恭《うやうや》しくキスをした。ベキオの外見には相応しいが、日本人の日常とはかけ離れたコミュニケーションだ。桜子は思わず「うわっ！」と声を上げた。

「お連れ致します。参りましょう。マキタ様」

ベキオは腕で神殿の向こうを示した。

まだ、この世界のことを把握していないので、桜子はある程度情報を手に入れるまで外に出るつもりはなかった。だが、人命救助のためだ。躊躇《ためら》ってはいられない。

そう覚悟を決めて、神殿を出た。

風がサーっと足元の灌木《かんぼく》を揺らしながら吹いてきた。肩より少し長い、艶《つや》のある黒髪が風に攫われて踊る。桜子は、日本人形のようだとよく言われた髪を手で押さえ、視界いっぱいの風景を見て――

「あ……」

と小さく声を上げたきり、言葉を失った。

神殿は、小高い丘の上にあった。テラコッタの瓦《かわら》に、白い壁、明るいグレーの石畳——眼下には美しい街並みが広がっている。

都市は綺麗な円形を描く、高い城壁に囲まれていた。日本の大規模な古代都市といえば、道が碁《ご》盤《ばん》の目のように走る方形《ほうけい》のものだ。これほど堅牢《けんろう》な城壁に囲まれた都市が、日本の歴史上、存在したとは思えない。

七つの丘に、七つの神殿——と瀬尾が言っていたのを思い出す。エテルナ神殿はそのうちの一つの丘に建っているらしい。都市の中央の丘が一番高く、丘の傾斜に沿って建物が並んでいる。その裾野にも街が広がっていた。

一際目《ひときわ》を奪ったのは、中央の丘の頂《いただき》にある美しい城だった。高い塔があり、翡翠の色をした瓦が輝いている。童話にでも出てきそうな城だ。

（嘘……）

電線も電信柱もなければ、道路標識も信号もない。

ここはどうやら日本ではないらしい、という覚悟は多少していたものの、いざその景色を目《ま》の当たりにすると、足が竦《すく》む。

「あぁ、マキタ様。お待ちを……！」

桜子を追って、ミリアが青い顔で駆け寄ってきた。

そうだ、今は動揺している時ではない。目の前の命を助けることが先決だ。竦んでいた足が力を取り戻す。

「ミリアちゃんは、ブラキオさんを看てあげて。行こう、ベキオくん」

桜子は、神殿に一度戻ると、脚のついた金属の皿を手に取り、街に向かう階段へ一歩踏み出した。

丘の上にある神殿から続く階段は、麓《ふもと》まで緩《ゆる》やかに続いている。

白い石で敷き詰められた美しい、だがところどころ剥落《はくらく》している階段を下り切ると、神殿からも見えていたライトグレーの石畳の道に足を踏み入れた。道は馬車が二台すれ違えるほどに広く、綺麗に舗装されている。

「こちらが南区の中央通りになります」

中央通りという名の割に、人通りがまったくない。ごく緩やかな勾配《こうばい》をまっすぐ下りていくと、通りの終わりには、小ぶりな門があった。

「あの門が、南区の入り口です」

神殿から見た限りでは、神殿のある丘が中央の城から一番遠い場所にある。南区の入り口が中央側にあるということは、南区の最も奥にあるのが神殿なのだろう。

「この門の向こうは中央区になります。マキタ様のおっしゃるような公園ですと、やはり中央区に向かった方がよいかと存じます」

南区の入り口を出ると、今度は大きな門が見えた。二階建てのビルほどの高さがある城壁に囲まれている。

「王都の外との出入りができるのは、あの大門のみになります。朝から昼にかけては大層な賑《にぎ》わいがございますよ」

大門は開かれており、荷物を持った人たちが通行証のようなものを門番に見せている。荷を積んだ馬車も通っている。

中央区は、都市の中心にある翡翠の瓦《かわら》の城を囲むように、放射線状に道が延びていた。階段を上るたびに、建物の一つ一つが、塀が設けられた立派なものに変わる。雰囲気は高級住宅街に近い。

ふと、桜子は人々の目が自分に注がれていることに気づいた。南区では住民に遭遇しなかったが、中央区に入ってからは人の姿がちらほらと見える。女性はゆったりとしたエンパイアスタイルのワンピース、男性はシャツにボトムというスタイルだ。足元はサンダルの人もいれば、革靴をはいている人もいる。

そんな人々と比べてみると、桜子の服はずいぶんと目立った。この白いローマ風の服装は神殿の制服なのだろう。東京の真ん中を緋袴《ひばかま》で歩いているようなものだ。

行き交う人のほとんどは、ブラキオやベキオらと同じ人種に見えたし、髪の色も明るさの差はあるが、金髪や栗色といったブラウン系のバリエーションの範囲に収まっている。アジア人のような黒髪の人に出会うことはなかった。

——ここは日本ではない。桜子は一歩踏み出すたびに強く実感せざるを得なかった。

しばらく階段を上ったところで、ベキオが「こちらでいかがでしょうか」と言った。

桜子の希望通り、コーラルピンクのバラもきちんと咲いている。白いタイルと、噴水と、バラの花。素晴らしいロケーションは、まさしく愛を語らうに相応《ふさわ》しい場所だ。

この際、十一月の中旬だったということは一度忘れるしかないだろう。これは遅咲きの秋バラだったとでも思うことにする。

「こういう感じ！　ありがとう、ベキオくん。じゃあ――」

桜子は、ベキオを噴水の縁《ふち》に座るように促《うなが》しつつ、その横に神殿から借りた皿を置き、笑顔で言った。

「歌ってくれる？」

桜子が思いついた起死回生の秘策は、ベキオの弾き語りで小銭を稼ぐことだった。

しかし――

「歌えませぬ」

依頼はあっさりと断られた。

「なんで!?」

命が危ういのは、他でもなくベキオの父親だ。家族を助けるために、特技を生かして稼ぐことになんの問題があるのだろうか。

「私は、愛を歌う鳥。愛しいお方を思えばこそ、歌をもって恋心を伝えたいと願うもの。たとえ全知全能の神に命じられたとて、強《し》いられては歌えませぬ。お許しください」

ベキオはゆっくりと胸に手を当て桜子に頭を下げた。

人を育て、動かすということは、ただ勝手に相手に期待して失望することではない――とあれほど大量の自己啓発本で学んでいながら、桜子はすっかり失念していた。

桜子は、ベキオを「ホスト顔だから歌でも歌わせて日銭を稼ごう」という目的のためだけに使おうとしていた。

金を稼ぐために歌を歌う、という発想がベキオにあるならば、もっと早くに行動をしていたはずだ。父親が栄養失調で、ベキオ本人も飢えていながら、それでもこの方法を用いなかったのにはわけがあると考えるべきだった。

桜子の中に強い焦りが生まれた。

自分が変われば人も変わる。――その時、また自己啓発本の言葉が頭を過《よぎ》る。人は北風ではなく、太陽の前でこそコートを脱ぐものだ。

桜子は気を取り直し、ベキオに向かってにっこりと微笑みかけた。

「ベキオくん」

接客研修で評価Aを獲得した笑顔のまま、話しかける。

「私、貴方のリュートの音をたった一度聴いたきりなの。私の国にはない楽器だったから、すごく綺麗な音でびっくりしちゃった」

逸《はや》る気持ちを抑えつつ、優しい声で続ける。

「私を目覚めさせたのは貴方の奏《かな》でた音色だった。貴方の音がもう一度聴きたいの。ね、歌ってくれる？　どうしても聴いてみたい。……あの天上の音楽のような調べを」

いかに桜子が、目鼻立ちのはっきりしすぎていることを子供の頃からコンプレックスにしていたといっても、この目の前のダビデ像のような青年と比べれば、平坦だ。それを補うだけの美貌があるわけでもない。顔に自信もなければ女子力も高くはない自覚がある。

だが、今は使えるものはなんでも使ってこの危機から逃れねばならない。笑顔くらい安いものだ。

「あぁ、マキタ様。私の麗《うるわ》しき女神」

幸運にもベキオは桜子の笑顔の前に、更なる極上の笑顔で応えた。

そして、愛を歌う鳥はリュートを奏で始める。

囁《ささや》かれる愛の言葉は――

(なんか……ねっとり系……?)

上手いことは上手い。しかしながら、カラオケで女子をドン引きさせるタイプの陶酔的濃厚さだ。

(これ、大丈夫なの?)

ハラハラしているうちに、足を止める女性が現れた。まぁ、あら、という感嘆の声がちらほら聞こえてくる。

(やった!)

恥ずかしがって顔を赤くして逃げていく若い女性もいる。桜子も、どちらかといえば異性とのコミュニケーションは不得意分野だ。こんな見目麗《みめうるわ》しい青年と目が合った途端にウィンクされたら、同じくその場から逃げただろう。

「いかがでしたか」

歌い終えたベキオに、桜子はありったけの女子力を振り絞った笑顔で「素敵だった!」と答えた。

なにせ皿の方からチャリンチャリンと音がしている。こんな素敵なことはない。

「とっても素敵だったから、もう一曲、いいかな？」

全力投球の桜子の笑顔に、ベキオは大きくうなずいた。

かくしてベキオが三曲のラブバラードを熱唱し終えた後、桜子の用意した皿の上にはいくつかの硬貨が鈍く光っていた。

公園から少し離れた場所で、手に入れた見慣れない硬貨を確認する。

「これがスー硬貨です。こちらがラン硬貨。スー硬貨十枚でラン硬貨一枚分です」

首を傾《かし》げる桜子に、ベキオが指をさして説明した。

「昨日食べさせてくれたナン一枚でどのくらい？」

「ナン、というのはマキタ様のお国のパンのことですか」

「あ、違うの。パンは別の種類のパンのことをさすことが多いんだ。昨日食べたようなものは、私の故郷《くに》ではナンって呼んでた」

「なるほど。東方ではそのように呼ぶのですね。パンは一枚一ランです」

ベキオは中心に四角い穴のある、和同開珎《わどうかいちん》に似た硬貨を指さした。

「じゃあ、神殿にあった小麦粉一袋分の値段はどのくらい？」

「小麦粉一ヒューの値ですか……申し訳ございません。わかりかねます。ですが、貧しいものはパンを買わずに、小麦粉を練った麦団子をスープで煮て食べます。小麦粉を買う方がパンを買うよりも、安価ではありましょう」

麦団子、というのは水団《すいとん》やソバがきのようなものなのだろう、と桜子は想像した。ならば、今はパンを買うよりも小麦粉を手に入れるべきだろう。

掌《てのひら》の上の硬貨を数える。金額によってサイズや形が違っており、数字らしきものが書かれてはいるが、それを桜子は読むことができなかった。この国の人たちが喋《しゃべ》る言葉は日本語なのに、文字はまったく違っている。それはひどく気味が悪かったが、今は先にすべきことがある。

ベキオに市場への案内を頼み、桜子は急いで神殿へ戻ることにした。

早足で中央区の階段を下りていくと、城壁がだんだん近づいてきた。

桜子が物珍しそうにあちこちを見ているのに気づいたのか、ベキオが王都のことを説明し始める。

「ガシュアード王国の王都ガシュアダンは——」

そのひと言目で、桜子は眩暈《めまい》を覚えた。瀬尾がファンタジー小説の『ガシュアード王国建国記』の世界そのものだと言っていたが、この国は本当に『ガシュアード王国』というらしい。

「中央の丘の上にある王宮を中心に、中央区の他、七つの区に分かれております」

王宮の周りの小高い場所にある『中央区』は、富裕層が多く住む場所で、貴族の邸《やしき》や商人の邸で占められている。住宅地がほとんどで、公園や役所の類《たぐい》もあるが、市場や食料品店は『北区』『北東区』『東区』『南東区』『南区』『南西区』に集中しているということだった。貴族の邸には商人が直接品物を届けるので、小売りの店舗は必要ないそうだ。

『西区』は軍関係の施設や小規模な演習場があるらしく、一般人は立ち入ることができない。ベキオの叔父であるガルドは、その西区の門からすぐ側にある、傭兵の宿舎に住んでいるという。

話しているうちに、二人は南区の門の前についた。

「南区はエテルナ神殿、北区はユーミア神殿、東区はパリサイ神殿、といったように、区ごとに奉じる神殿が異なります。……ここから南区です。入り口の近くに市場がございます」

「あれ？　市場なんてあった？」

区の境《さかい》には、二メートル程度の壁が設置されている。南区へ入る門は、見た限り一つしかない。南区の一番奥にある神殿から中央通りを抜けて中央区に向かったが、道は一つだけだった。

「あの店が南東区にできるまでは南区の市場も――ああ、失礼。なんでもありません。パン屋と青果店は店を開けております」

そう言ってベキオは苦みを含んだ笑みを浮かべる。

（市場があんまり流行《はや》ってないってことかな）

南区の門をくぐる。来た時と同じように、人の姿がまったく見えない。中央通りに面した建物をよく見てみると、たしかに店舗のような造りになっている。だが、どの店も人もいなければ品物もない。

（シャッター通りになっちゃったってことか）

だが、入り口からすぐの場所にある店には、人影が見える。看板の字は読めなかったが、外に流れてくる香りからかろうじてパン屋だとわかった。

「こちらの角を曲がったところに、青果店がございます」

ベキオの言う通り、中央通りから一本入った小路《こうじ》に、青果店があった。

並んでいる野菜の半分ほどは日本で見たことがなかったが、残りはニンジン、イモ、キャベツ、といったような日本でもポピュラーな野菜に似ていたので、なんとか調理ができそうだ。店員に値段を尋ねながら、手に入れた銅貨でいくつか野菜を買った。

「小麦粉はどこで手に入るかな」

「それでしたら、こちらへ。この通りの裏手にございます」

ベキオは桜子を、青果店より更に一本、中央通りから離れた場所にある乾物屋に案内した。

あまりに寂《さび》れた市場の様子に、目当てのものが本当に買えるのかと不安になったが、幸い小麦粉を手に入れることができた。乾物屋の棚はガラガラで、レーズンやクルミのような干した果実がいくつか並んでいるだけだった。

食材は手に入った。桜子は人通りのない中央通りを何度か振り返りつつ、足早に神殿へと戻る。

神殿に入ると、ミリアが駆け寄ってきた。

「お帰りなさいませ！　ご無事でよかった……！」

「ただいま。キッチン貸してね。ご飯作るから」

「マキタ様、こちらの食糧はどうやって……」

ミリアのスミレ色の目が、桜子の手元を見て狼狽《ろうばい》の色を示す。

「ベキオくんの歌のおかげで手に入ったの。スープを作るから、詳しい話は後で。まずはブラキオさんに食事をしてもらおう」

戸惑いに揺れるミリアの瞳が、桜子の言葉で強い光を取り戻した。

「ミリアちゃん、大きめのお鍋と、小さいお鍋を出してもらっていい？」

「はい！」

厨房《ちゅうぼう》に入り、すぐに調理に取りかかった。桜子はおおよそジャガイモに見えるイモを手にし、小さな包丁で皮をむく。黄みを帯びた色と質感はメークィンに近いだろうか。

「これ、柔らかくなるまで茹《ゆ》でてくれる？」

ニンジンとヤーコンの中間のようなものや、ぬめりのあるサトイモのようなものなど、見たことのない根菜がいくつかあったが、個々の味を確認して調理をする時間が惜しいので、すべて細かく刻んで大鍋に放り込んだ。

大鍋をミリアに任せて、桜子はイモの調理にかかった。茹で上がったイモを粉《こ》ふきにして、小麦粉を入れて練り、ニョッキを作る。断食《ファスティング》明けでも胃腸に負担のかからないもの、といえば野菜を柔らかく煮たスープが定番だ。コトコトと煮込み、野菜の踊る鍋に塩を入れ、大きな匙《さじ》でぐるりとかき回す。野菜の角が取れてスープにとろみがついてきた。

「よし！　できた！」

最後に味を見て、別鍋で茹《ゆ》でたニョッキと一緒に木の椀に盛った。

「ベキオくん。お願い」

男宮にいるブラキオに食事を運んでほしいと桜子が頼むと、ベキオがスープの載ったトレイを持って厨房を出ていく。ふっと緊張の糸が解《ほど》けた。

「ベキオくんが戻ったら、私たちも食事にしよう。もうペコペコ」

「左様でございますね。すぐに用意致します」

ミリアは木の椀を四つ用意し始めた。

「あれ？　三つでよくない？」

ミリアにそう声をかけてから数秒後、桜子は「あ、瀬尾くんがいたんだった」と記憶から抹消《まっしょう》しかけていた人物のことを思い出した。

食事の用意をしているうちに、ベキオが戻ってきた。ブラキオは無事に意識を取り戻し、スープを飲んだという。まずは一安心だ。いつの間にかやってきていた瀬尾も交え、四人で揃って食事をすることにした。

「……美味しい」

一口、スプーンで口に含んだスープは、野菜と塩の他はなにも入っていないシンプルなものだったが、空《から》の臓腑《ぞうふ》にじんわりと沁み渡る。

しばらく言葉もなく全員がスプーンを運ぶうち——カタン、と廊下の方で音がした。

食堂のドアの方を見ると、ブラキオが壁にもたれながら立っていた。

「ブラキオさん！　もう起きて大丈夫なんですか？」

桜子が駆け寄るより先に、ミリアが椅子を近くまで運んだ。ブラキオは「すまない」と言いながら深く息を吐き、椅子に腰を下ろした。

「申し訳ございません。マキタ様。パン一つご用意できずに、麦団子の食事などさせてしまいました。不甲斐ないのひと言です」

先ほどベキオから、貧しい者はパンを買わずにスープにパスタのようなものを入れると聞いた。ブラキオは、恐らく『お客様に粗末なものを食べさせた』というようなニュアンスのことを言っているのだろう。

「それで。このスープは、一体誰がどのようにしてして手に入れたものだ」

ブラキオは息子と姪と双方の顔を見て、厳しい口調で詰問《きつもん》する。

自分の行動が歓迎されざるものだったと理解した桜子は、自ら名乗り出た。

「ブラキオさん。このスープは私が作りました」

そして、今日のスープの材料は、ベキオの働きで得た硬貨で買ったことと、調理をしたのが自分であることを伝えた。

「私の独断で起こしたことです。勝手をして、すみませんでした」

謝罪する桜子に、ブラキオは首を横に振った。

「マキタ様。息子は愚かではありますが、それと望まぬ時に歌を歌う男ではありません。すべては私の不徳の致すところです。……申し訳ございません」

立ち上がろうとしてフラついたブラキオをベキオが支える。「父上。今日は休んでください」というベキオの声にうなずいて、ブラキオは抱えられるようにして男宮に戻っていった。

桜子は、食堂の椅子に座ったまま、テーブルの上にある空の椀をじっと見ていた。瀬尾も同じように沈黙している。

「マキタ様……申し訳ございません。ブラキオ様も決して巫女様に飢えを強《し》いるつもりなどなかったのです。お許しを」

ミリアの謝罪に、桜子は少し困り顔で笑んで「ごめんね」と言った。

しばらくして、ブラキオを部屋に連れていったベキオが食堂に戻ってきた。

「ちょっといいかな。二人に聞いておきたいことがあるんだけど……」

桜子は二人に質問をした。自分がなにかしらのタブーを犯しているのではないか、という問いだ。

すると答えにくそうにベキオもミリアも口ごもる。

「お世話になってる身だし、迷惑をかけたくないの」

尚も言い募る桜子に、ベキオは一つうなずいてから、話を始めた。

「父は厳格な神官です。たとえ飢え死にをしても則《のり》は犯せないと思っているのだと思います。――我ら神職の者は商行為を禁じられておりますゆえ」

桜子は、ハッと息を呑んだ。

「ごめんなさい。勝手なことをして……」

「お布施《ふせ》でしたら問題はありません。私も、一ノ曜《いちのよう》には酒場や食堂で歌を歌うことがあります。その折は、直接金銭は受け取らず、店からエテルナ神殿へのお布施という形で受け取っております。今日の行為も、直接金銭の受け渡しをしていませんので、禁忌には触れません」

とはいえ、神殿の関係者だとわかる格好で禁忌スレスレのことをしでかしていたということだ。

ブラキオの苦悩に満ちた表情の理由を知り、桜子は己《おのれ》の軽率さを悔いた。更に、客である身でありながら、神殿の本来の生活レベルに沿わないニョッキ入りのスープを作ってしまっている。ブラキオの顔を潰したも同然だ。

申し訳なさそうな顔をする桜子に、ミリアがおずおずと口を開く。

「あの……マキタ様。美味しいスープをありがとうございました。心よりお礼申し上げます」

「マキタ様。私も心から感謝を申し上げます。父のことは何卒、ご寛恕《かんじょ》ください」

ベキオもそう言って桜子に頭を下げたが、いかに感謝されても桜子の心は晴れない。

「この飢えから逃れるために、私が吟遊詩人になって、父を養ってみせると何度も説得してきました。ですが、父は今のままこの南区を守りたいのだと、決して私の申し出を肯《うべな》うことはありませんでした。しかし死んでは南区を守ることもできません。今回のことがきっかけで、父も目を覚ましてくれればよいのですが……」

ベキオは、ため息とともに肩を落とす。桜子もまた、俯《うつむ》いてため息を漏らした。


私室に戻った桜子は、ベッドに入る前にサンダルの紐を解《ほど》いた。

何度か練習はしたが、まだ慣れていないので時間はかかる。巫女服もなんとか自力で着ることができるようになったが、簡単なことではない。日常の動作に手間取るたびに、この場所が自分の知る世界とは違う世界だと強く感じる。

「どうしたらいいんだろ……」

ベッドの上に足を投げ出し、ベキオの歌で手に入れた硬貨の残りを掌《てのひら》にのせた。

五人分のパンをパン屋で買うと、今日市場で買ったスープの材料と同じ値段になる。しかも、まだ鍋には明日の朝にも食べられるだけのスープが残っている。パンだけ買うと一食分にしかならないが、スープを作れば二食分の栄養価の高い食事ができるのだ。その差は大きい。

ブラキオの顔を立てれば飢える。飢えを満たせばブラキオの顔を潰す。ベキオの懊悩《おうのう》も理解できないわけではないが、かといって、この飢えもミリアの窮状《きゅうじょう》も放っておけない。

現状、日本へ帰ることは相当に困難なことだろう。帰国も社会復帰も、命あっての物種《ものだね》だ。とにかく、死にたくない。飢えたくない。

ごろりとベッドに横になる。頭は冴えているが、身体は泥のように重い。階段の多い王都の道を歩くのは、運動不足気味の桜子にとってかなりハードな運動だった。目を閉じると、思考はすぐに身体の疲れに負けて霧散していった。

翌朝、残ったスープを朝食にした後、桜子は中庭にベキオとミリアを呼んだ。

瀬尾も交え、桜子は改めてこの世界のことについて二人に尋ねた。

「曜は七日ございます。一ノ曜《いちのよう》は休日です。その日は皆労働を休み、それぞれの地区の神殿へ参拝して、収入に応じた一定のお布施《ふせ》を神殿へと奉納します」

ベキオがわかりやすく説明してくれたことをまとめると、暦《こよみ》はおおよそ現代日本で使われているグレゴリオ暦《れき》と同じだと思って問題ないようだった。差があるとしても、八月が三十日までしかなく、二月が二十九日まであることや、日本と比べて冬が短くとか夏が長いという点ぐらいだ。時刻は二時間で一刻、二十四時間は十二刻。月は十二ヵ月で一年。他の数字はほとんど十進法で、日本人の桜子にもごく馴染《なじ》みのある感覚だった。

ひと通り基本的なことを聞いた後、桜子はベキオに別の質問をした。

「『日本』ってわかる？」

「それは、東方の言葉ですか？」

ベキオの答えも、ミリアのそれと同じだった。

桜子は思いつく限りの、多国語で日本をさす言葉を挙げた。だが、まったく通じない。

容姿といい建物といい、王都の人々はヨーロッパの文化圏に属しているように見える。だが、ジュリアス・シーザーもユリウス・カエサルも知らなければ、ゼウスもユピテルも知らないという。

ベキオは流暢《りゅうちょう》に日本語を話すし、教養のレベルも決して低くはないはずだ。それなのに、桜子が挙げた国名や人物名にはまったく心当たりがないと言う。どれだけ話しても、『歴史』を共有することはできなかった。

「王都の者は他国に疎《うと》い傾向がございます。お許しを」

ベキオが申し訳なさそうな表情を見せる。桜子も変な質問をしたことを謝ろうとしたところ、奥宮の方から、ブラキオのものではない男の声がした。

「おーい。誰もいねぇのか？」

そう呼びかけながら、クマのような大男が中庭に入ってくる。そして桜子たちを見て「生きてたか。飢え死にしたかと思ったぜ」と少しも冗談に聞こえないことを言った。

「叔父のガルドです。マキタ様」

ベキオは改めて、叔父のガルドを桜子に紹介した。

神殿の経済は、このガルドという男が支えていると聞いている。桜子が「お世話になってます」と挨拶《あいさつ》をすると、ガルドがくしゃっと笑顔を見せた。

「この間は悪かったな。巫女さんに剣を向けたんじゃ、神罰が下《くだ》りそうだ。エテルナ様のお叱りを……と、そういや、お嬢ちゃんがエテルナ様の化身だったか」

ガルドは、桜子を上から下まで見てプッと噴き出した。桜子だって、自分がそんな大層なものだとは思っていない。

「それにしても、東方の人間が神殿から現れるってのはいつからこの王都で流行《はや》り出したんだ？　まるでユリオ一世様の御代《みよ》じゃねぇか」

ガルドの言葉に、それまで黙っていた瀬尾が「ユリオ一世？」と聞き返した。

『ユリオ一世』が……いたんですか。この国に」

「そりゃお前、ユリオ様がいなけりゃ、このガシュアード王国は存在しねぇだろ」

瀬尾の表情が強張《こわば》る。その『ユリオ一世』というのが、瀬尾が読んでいたというファンタジー小説に出てくるのだろうか、と桜子は思った。

瀬尾は、「マジかよ」と頭を抱えた後、シリアスな表情でガルドに尋ねた。

「今の……王様は誰ですか？」

「ユリオ三世陛下だ。坊主、ちゃんと覚えておけよ？　もう直《じき》、ご即位三十五周年だ」

（ん……？　ちょっと待って。どこかで聞いたことがあるような……）

――ユリオ、という言葉の響きに覚えがある。形にはならない靄《もや》のようなものが桜子の中に生まれたが、それは明確な輪郭を持たなかった。

桜子が考え込む中、瀬尾が更に質問をする。

「ってことは、今の王様はユリオ王……の孫ですか」

「そりゃそうだ。『ユリオ』の名を継がれてるんだ。直系さ」

ガルドはさも当たり前だ、という調子で言ってから、瀬尾の背をバンッと叩いた。

「よし。ちょっくら買い物にでも行くか。なにかと物入りだろ。その分くれぇはこっちで持つ」

思いがけない申し出に、桜子はパッと顔を明るくした。

「ありがとうございます！」

「いいってことよ。さ、行くぞ。ついでに王都見物だ。王様の名前もわからねぇんじゃ、お前らも大変だろ。……しかし、その格好で行くのか？」

ガルドが桜子の巫女装束《しょうぞく》を見て言う。たしかに、昨日の桜子は街中《まちなか》でかなり目立っていた。

「ミリア。嬢ちゃんに服を貸してやれ。ベキオもだ」

ミリアとベキオにそれぞれ私服を貸してもらい、桜子と瀬尾はやっとコスプレ感のある服から解放された。

外に出て神殿の階段を下り切り、南区の中央通りを歩く。

時間帯のせいか昨日よりはポツポツと店が開いているようだが、客の姿は疎《まば》らだった。

「この辺も様変わりしちまった。ちょっと前まで賑《にぎ》やかだったんだがな」

ガルドは昔を懐かしむように目を細めて言う。

空は晴れ渡っているのに、どの家にも洗濯ものが出ていない。建物と建物の間に渡された紐だけが、力なく風に揺れている。空家《あきや》が多いのだろう、と桜子は思った。

「さて、と。とりあえず東区にでも行ってみるか？」

「東区？　なにがあるんですか？」

「外来人の居住区がある。東方の連中も多いぞ。嬢ちゃんの故郷《くに》の服も売ってるかもしれねぇ」

日本人がそこにいるかもしれない――とはさすがに思わなかったが、王都の人たちのいう『東方の人』は見てみたかった。

南区の門を出て、一行は中央区の階段を横切るように移動していく。

「そうだ。東区に行ったついでに、南東区にも連れていってやるよ。今王都で一番賑やかな場所だ」

すぐ隣の南区があれほど寂《さび》れているのに、南東区は栄えているらしい。区によってなにがそれほど違うものか、と桜子は興味を持った。

「東区も、南東区も、行ってみたいです。お願いします」

道々、ガルドは王都のことを親切に二人に教えた。見た目の厳《いか》つさに似合わず、面倒見のよい人で、桜子や瀬尾の質問にもわかりやすく答えてくれた。

やがて、南区の門と同じような造りをした東区の門にたどり着いた。

門をくぐると、そこにはたくさんの人が行き交っていた。肌の色も髪の色も様々で、ベキオたちと同じ金の髪に白い肌を持っている人でも、服装や髪型は全く異なる。おそらく属する文化が違うのだろう。見た限りでは、中東系の人種が多いようだ。

「東区にいる人たちは、東方の人が多いんですか？」

「そうだな。お仲間もいるんじゃないのか？」

ガルドはそう言ったが、見かける髪はせいぜいダークブラウン程度の髪色で、アジア人の黒髪とは質が違っている。黒に近い髪色の人でも、桜子の目には『外国人』に見えた。

「奥には貧民窟《ひんみんくつ》がある。柄《がら》の悪い連中ばかりだ。近づくなよ？」

ガルドが顎《あご》で示した方には、いわゆるホームレスのような男たちがいた。

「俺たちみたいな傭兵稼業はな、戦《いくさ》がねぇ時の王都内での仕事は、ほとんど貧民窟の連中の相手だ。都護軍《とごぐん》は荒事に向かかねぇからな。おかげで忙しくて、三ノ曜《さんのよう》しか休めねぇんだ」

次にガルドが顎で示したのは、巡回中らしい黒い制服を着た二人の青年だった。

(都護軍って、警察みたいな感じなのかな)

しばらく歩くうちに、桜子はある店の前で足を止めた。

そこにはチャイナ服のような、アオザイのような、目に馴染《なじ》みのある衣服が売られている。柄はアイヌ紋様に似ていた。

「チャイナ服みたい」と桜子が言うのと同時に、瀬尾も「チャイナ服みたいですね」と言った。

ワンピースが主流の王都の女性の服装より、ズボンがついているアオザイ型の服の方が身軽そうだ。だが、桜子がそのアオザイ風の服に惹かれたのは動きやすさだけが理由ではなかった。

「ガルドさん。この服、どこの国のものかわかります？」

「わかんねぇな。……東方のどっかだってのはわかるが。あれが嬢ちゃんの故郷《くに》の服か？」

「お隣の国の服に似てます。あれを着てたら、東方から来た人だって一目《ひとめ》でわかりますよね？」

「そうだな」

ガルドの言葉に、桜子は心を決めた。この国の常識を身に付けるまでに時間がかかりそうだ。だが、この服を着ることで多少外したことをしても、『異国の人だから仕方がない』と思ってもらえるだろう。

「いらっしゃいませ」

店にいた女性が、笑顔で声をかけてきた。

ガルドやミリアたちの言葉とは、イントネーションが多少違って聞こえる。

「こちらの方はエテルナ神殿の新しい巫女様でな。今日は世俗のことを学ばれるために出てきたんだ」

ガルドが言うと、女性は桜子をまじまじと見てから、掌《てのひら》を合わせてお辞儀をした。

「エテルナ様は、かつては中原《ちゅうげん》にも覇《は》を唱えたポヴァリ族の古き神でございます。お立ち寄りいただき光栄です」

すると桜子たちの会話を聞いていたのか、奥にいた店主も表に出てきた。

「エテルナの巫女様にポヴァリの絹織物で仕立てた服をお召しいただけるのであれば、私ども職人にとっても誉《ほまれ》でございます」

店主は、桜子に服を仕立てて差し上げる、と言い出した。申し訳ないと思い断ろうとすると、ガルドが小さな声で、

「そこはありがたく受け取っておけ。一言『エテルナ様のご加護を』って言やぁいいんだ」

と囁《ささや》く。店主たちの笑顔を見ていると、断るのもかえって申し訳ない、と考え直した桜子は、教えられた言葉をそのまま口にした。

「エテルナ様のご加護を」

女性と店主が、桜子に向かって掌を合わせて礼をする。それはどこか日本的な動作に見えた。

仕立ててもらう服の他に、ガルドが古着のアオザイを桜子たちに二着ずつ贈った。やっと自分の服を手に入れることができたのが嬉しくて、包みを持って店を出た桜子の足取りは自然と軽くなる。

感情をあまり表に出さない瀬尾も嬉しそうにしていた。

「ありがたいね。髪の黒い東洋人っていうだけで、ここまでしてもらえるなんて。株主優待とか、ゴールドカードの特典譲ってもらったみたいな気分」

「エテルナ様が極悪非道な人じゃなくて助かりましたね」

喜んでいる場合ではないが、不幸中の幸いというものだ。

「そこから南東区だ」

ガルドが示した先には、南区や東区と同じような門がある。

「おっと。忘れるとこだった。南東区に行ったってことは、ベキオには言うなよ？　ミリアにもだ。南区があんなに廃《すた》れたのは南東区のあの店のせいだって思ってる連中が多くてな」

「南区のお客さんをその店に取られた……ってことですか？」

「あぁ。あの店ができてから、なにもかもが変わっちまった。客どころか、南区の商店もどんどん南東区に越して行ってな。南区の人口は、この数年で半分以下に減ってる。南区に家はあっても、食っていくために他の区に出稼ぎに行ってる連中も多い。——さて、ここからが南東区だ。はぐれるなよ」

「わ、すごい人……！」

門の向こうには人が溢《あふ》れていた。中央通りは十分に広いのに、あまりの人の多さにすれ違うのが大変なほどだ。桜子はガルドとはぐれないように、必死で人混みの中を進んだ。

門をくぐってしばらく歩くと、ガルドはある建物の前で足を止めた。

「ここだ。この店だ。ここができてから、全部が変わっちまったんだ」

桜子は、ガルドの視線の先にある建物に目を向けた。南区の衰退の原因になったという店は、南区の市場のようなものだとばかり思っていたが——その店は、違っていた。

「え……？」

南区の市場の空き店舗すべてを繋げたよりも広い空間に整然と品物が並び、客はカゴを腕にかけてめいめいに買い物をしている。店の奥の方では、衣服や靴まで並んでいた。レジのように精算するカウンターがいくつかあるが、手計算ながら桜子の目にはレジ打ちをしているようにしか見えない。警備員らしき男までいて、店内を巡回していた。

人混みの中で、桜子はその店の様子を食い入るように見た。

まるでここは――

（……スーパーみたい……）

入店するとすぐ野菜売り場があるレイアウトといい、カゴを持ってレジで精算するシステムといい――まさに、スーパーそのものだった。南区の市場にも、東区の商店にも、こんな形態の店はなかった。

桜子の横で瀬尾が「マジかよ……」とつぶやいていた。

「こんな買い物の仕方は、まるで囚人扱いだって、最初は反発もすごかったんだが……今はもう、どこの農家も、この南東区の『スーパーマーケット』にしか品物を卸《おろ》さねぇって話だ」

更にガルドの口から予想外の言葉が飛び出し、桜子は驚きに目を見開いた。

「スーパーマーケット!?　ここ、スーパーマーケットっていうんですか!?」

こんな二十世紀以降のスーパー形式の店も、『スーパーマーケット』などという名前も、あまりにもこの王都には馴染《なじ》まない。

「その看板に書いてあるだろ？　『モリモト・スーパーマーケット』ってな」

「モリモト……？　スーパー？」

桜子の混乱は、頂点に達した。

「スーパーってのは、東方の言葉なのか？」

ガルドの問いに桜子は曖昧《あいまい》な返事しかできなかった。

ここが日本国内であれば桜子も驚きはしない。『森本スーパー』『森本商店』『スーパー・モリモト』。よくありそうな店の名前だ。

だが――ここは、ガシュアード王国王都ガシュアダンの南東区だ。

「ガルドさん。あの、モリモトっていうのは……」

「南東区のグレン神殿に数年前来たっていう巫《かんなぎ》の名前だ」

（これ、どういうこと⁉）

「瀬尾くん……その『建国記』って、ファンタジーって言ってなかった？」

「……いや、俺、『建国記』は九十巻くらいまではきっちり読んでましたけど、日本人やスーパーが出てくるなんて予感、一ミリもさせてなかったですよ？　そんなもの出てきたら、『仏の顔も三度まで』どころじゃない大顰蹙《だいひんしゅく》ですよ。マジで」

桜子も、スーパーの出てくるファンタジー小説など読んだことがない。そんなものが出てきた時点で本を閉じるだろう。

「スーパーとか……いや、マジ、これギャグじゃないですか……マジ笑えないですって」

笑うどころではない。火星でハチ公の像を見つけたような気分だ。

二人は信じられない事実の連続に呆然としたまま、南東区を後にした。

スーパーといい、モリモトという名前といい、これは、自分たち以外にも日本人がいる――と思う方が自然なのではないだろうか。

「一杯ひっかけてくか」

南区の門のあたりまで来た時に、ガルドが言った。

桜子はその誘いに飛びついた。酒が飲めるなら飲みたい。この理不尽な境遇と、それを上回るスーパーのシュールさに動揺した心は、切実にアルコールを求めていた。

南西区にある傭兵御用達の酒場は、西部劇にでも出てきそうな雰囲気の店だった。

席についてすぐ「麦酒三つ」と頼んだ後、ガルドは桜子に尋ねた。

「そういや、嬢ちゃんいくつだ」

それを聞いた桜子は、まずこの国の『年齢』が、満年齢なのか数え年なのかということをガルドに確認した。年齢はみなし年齢で、誕生日を祝う習慣はなく、単純に正月に一斉に年を取るという。

「その数え方だと、年が明けたら二十四になります」

桜子がそう言った瞬間、強面《こわもて》の傭兵は「あ?」と若干間抜けな顔をした。

「誰の、なにがだ」

「私の、年齢です」

「……巫女さんじゃしょうがねぇか」

ガルドは、桜子の胸のあたりを見て実に失礼な感想を述べた。

「ミリアとそう変わらねぇ年齢《とし》かと思ったが……」

聞けばミリアは十六歳で、ベキオは十九歳ということだった。

桜子はアラサーでもアラフォーでもないので、実年齢マイナス七歳と思われても別段嬉しくはない。それよりも、ガルドが自分のどの辺を『子供』だと判断したのかが手に取るようにわかる視線に、ムッとする。

「坊主は、いくつだ」

「明けたら二十七です」

ガルドは瀬尾のヒョロヒョロしたボディを見てから、もう一度桜子の胸を見て、納得するようにうなずく。

「そういや、東方の連中は若く見えるってのは聞いたことがある」

(ちょっ、どこで年齢《とし》を判断してるの⁉)

桜子が憤慨していると、体格のいい店員がドン、と勢いよく木製のジョッキをテーブルに置いた。

「はい、お待ちどうさん」

勢いに任せて、桜子はジョッキを呷《あお》った。さすがに日本で飲むものとは違って、お世辞にも美味しいとは言えないが、餓死の危険を抱えていたことを思えば、充分に贅沢《ぜいたく》だ。

客たちは陽気に飲み、豪快に笑っている。労働者や傭兵が多いのか、体格のよい男性客が目立つ。その輪の中に夜の商売をしているような女性も交じっていた。もしかしたら客引きをしているのかもしれない。桜子はミリアの涙を思い出し、胸に鈍い痛みを覚えた。

「ミリアのこと、知ってんのか?」

桜子の表情を見て、ガルドが言った。どうやら、ガルドもミリアの状況を把握していたらしい。

「忘れてやれ。オレが気づいた時には遅くてな。本人も反省してる」

苦い顔で続けると、ガルドは桜子の肩をポンと叩いた。

「ミリアの両親は、揃って流行《はや》り病で死んじまってな。その上、慣れねぇ商売を始めて作った借金があったとかでよ。残されたミリアが売られかけたところを兄貴が助けた。いや、姉貴は親の反対押し切って結婚した口だったからな。ずっと絶縁状態だったわけだ。兄貴もオレも、姉貴が死んだことすら知らなかった。ミリアは親の遺品を整理していた時に、たまたまエテルナ神殿の神官長が母親の兄貴だってことを知ったそうだ」

「……そうだったんですね」

「その借金の肩代わりで、兄貴の結構な額の財産が消えた。その上、あのスーパーだ。それで神殿の財政がすっかり傾いた頃に、兄貴の嫁さんが身体を壊してなぁ。……薬も買ってやれないまま死んじまった。今日の南区の窮状《きゅうじょう》に、兄貴も責任を感じて命まで粗末にしちまう有様だが、ミリアもミリアで、責任を感じてる」

桜子は唇を噛んで俯《うつむ》いた。つらい話だ。

ガルドに「もう一杯どうだ？」と聞かれ、桜子は「いただきます」と答える。すぐに運ばれてきたビールを飲みながら、続く話に耳を傾けた。

「オレは傭兵稼業で、外に出ちまうと長いからな。半年どころか二年帰らねぇことだってある。兄貴の窮状もよく知らずにいて、ミリアにあんなバカな真似させちまったってわけだ。傭兵の稼ぎってのは山もありゃ谷もある。毎回そうそう大きな額は渡せねぇ。兄貴も兄貴で、金を渡すと、自分の食う物を買う前に、孤児院だの養生所だのに寄付をしちまうのさ。兄貴の嫁さんが死んじまってからは輪をかけてひどい暮らしだったみてぇだが、そういうもんに気づいたのもつい最近だ。神殿の御神た——おっと。こりゃ禁句だった」

ガルドは、髭《ひげ》についたビールの泡をぬぐった。

「だが、今は嬢ちゃんを抱えているからな。兄貴もそうそうバカなこともできねぇだろ」

これは神殿の人たちの問題だ。外部の人間である自分が出しゃばるべきではないと桜子は思っている。桜子は神殿とも女神様とも関係ない、ただの日本人だ。

だが、なにもしないわけにはいかない。死にたくない。飢えたくない。たったそれだけのことなのに、あちらを立てればこちらが立たない。問題は複雑だ。

「またベキオくんに歌で稼いでもらえたらと思ってたんですが……」

「兄貴につき合ってると、死ぬぞ」

「……できるだけ、ブラキオさんと話してみます」

「しかし、信仰心も行き過ぎると気味が悪ぃぜ。オレなら、養生院に寄付する前に色街に金落とすけどな」

ガルドがそんなことを言い出し、話は唐突に酒場に相応《ふさわ》しい方向に流れ出した。

「坊主、今度一緒に行くか」

「遠慮しときます」

当然のように瀬尾は断っていた。自分の歓迎会でさえフェードアウトした男が、他人と連れ立って色街に行くとは考えにくい。

「そう言うなよ。坊主はどんな女が好みだ？　ちょいと年増だが、胸のデカいいい女を紹介してやろうか。筆おろしには持って来いだ」

「いや、俺ちょっと胸は……」

「あ？　お前、そんなこと言ってると、一生童貞のままだぞ」

「童貞じゃないですよ」

同席している桜子への配慮ゼロな会話は、どんどんエスカレートする。

「胸のない女なんぞ、女じゃねぇだろ」

「そんなことないですって。胸なんて要りませんよ。なくていい。っていうか、ない方がいいです」

瀬尾は、女子のバストサイズにだけは他のことと違って確固たる意思を表明していた。桜子は耳を塞ぐ代わりに、グイグイとビールを飲む。

「それに年増とか……無理ですって。女はハタチまででしょう」

「あ？　バカだな、お前。女は熟《う》れ始めてからが勝負だろ。わかってねぇなぁ」

ガルドは首を横に振って、また桜子の胸のあたりを見る。

「……まぁ、姉貴が姉貴だからなぁ。他に知らねえんじゃしょうがねぇか」

(Dカップなのにこんなこと言われるワケ⁉)

桜子としては腑《ふ》に落ちないものを感じるが、その話題を膨らませる気にはならない。

「姉弟《きょうだい》じゃないですよ。だいたい俺、槇田さんより年上ですし」

「あぁ、そういやそうだったな。道理で似てねぇと思った」

ガルドは続いて「恋仲なのか？」とごく自然に聞いた。

ブッ！

瀬尾が盛大にビールを噴いた。

「瀬尾くん、大丈夫？」

激しく噎《む》せた瀬尾は「絶対ナイです」と力を込めて言い切る。

「……それはこっちのセリフなんだけど」

桜子はムッとして瀬尾を軽くにらんだ。

「だいたい、この手の異世界トリップものは、美少女か気のある相手と一緒に飛ぶのがセオリーじゃないですか」

他でもない瀬尾にそんなことを言われては、桜子も黙ってはいられない。

「そうだよね。フツー、頼りがいのあるステキなイケメンと一緒になるよね。人選おかしすぎ」

「まったくですよ。冗談じゃない。なにが悲しくて、ジョーシキジョーシキ言ってくる小言ババアと一緒にこんなとこに……」

「ちょっと、なにその小言ババアって。私のこと!?」

「他に誰がいるんですか」

「信じらんない！　瀬尾くんみたいな非常識な人にそんなこと言われたく――」

「そこまでだ」

ガルドが二人の前に手を出して、不毛な言い争いを止めた。

「姉弟《きょうだい》でも恋仲でもねぇ割にはそっくりだな。お前たち」

「「どこがですか!?」」

二人がそろって言うのを、ガルドは軽くいなした。

「まだまだガキだって話だ。ほら、帰るぞ」

瀬尾はガルドに指で額《ひたい》を弾かれて「痛いです」と文句を言う。桜子も不満顔で席を立った。

帰りは、神殿の入り口まで送ってもらい、今日一日の礼を伝えてガルドを見送った。その後、桜子と瀬尾はツンと顔をそむけてお互いの顔を見もしなかった。

そもそも、こんなところにいるのは、瀬尾がラッピング用品の入った段ボールがどこにあるかわからないと言い出したのが発端だった。瀬尾の責任とまでは言わないが、あの時、倉庫にさえ行かなければ――と思う気持ちは根強く残っている。

なんで？　なんで私なの？　なんで今なの？　なんでここなの？

なに一つ納得のいく答えが得られない。異世界としか呼びようのない世界に突然飛ばされる理由など、桜子が知るはずもないのだ。

硬いベッドに入り多少の酔いに任せて運命を呪った後は、少し感情が落ち着いてきた。

（お母さん、どうしてるかな……）

桜子は母親のことを思い出していた。母が休みの日はよく一緒に料理をしたものだ。今、桜子が苦労せずに料理できるのは、食にこだわりのある母の教えがあればこそだ。

特に母は、パンを作るのが好きだった。――焼きたてのパンって美味しいじゃない。焼ける匂いも大好き。お店のパンだとタイミングが合わないけど、自分で作れば絶対逃さないものね。

母の言葉が頭に浮かぶ。

（家でよくパンを焼いてたっけ。また食べたいな……）

母と一緒に料理をした頃のことを思い出しながら、いつの間にか桜子は眠りに落ちていた。

そして、その閃《ひらめ》きは、翌朝の起床とともにやってきた。

パンがなければ、焼けばいい――と。

第二章　いくつかの出会い

その日、いつもの沐浴《もくよく》を終えた桜子は、水色のアオザイに着替えた。ハスの花の刺繍《ししゅう》が入った上品な色合いで、東区の店で一目《ひとめ》ぼれした一枚だ。

身支度を整えると、すぐに女宮を出た。自然と足の動きは早くなる。あの巫女装束《しょうぞく》に比べて足さばきが実に爽快《そうかい》だ。

「ベキオくん！　買い物に行きたい！」

男宮の鐘をキンキンと鳴らすと、すぐにパタンと覗き窓が開いて、ベキオが出てきた。

「おはようございます。マキタ様。……そのお召し物、とてもお似合いです」

笑顔で言うベキオの賛辞への礼もそこそこに、桜子は勢い込んで尋ねる。

「出かけたいんだけど、いい？　乾物屋に行きたいの」

さっそくベキオと共に市場へ行った桜子は、店に入ると目当てのものを探した。アンズ、クルミ、アーモンド……干した果実は、前回買い物に来た時に見つけていたのですぐに場所がわかる。

「……あった！」

ガラスのビンに入った枝つきのレーズンを見つけ、桜子は歓喜の声を上げた。幸いさほど高価なものではなかったので、手持ちの硬貨で買うことができた。

桜子は神殿へと駆け足で戻った。

厨房《ちゅうぼう》でガラスのビンを煮沸《しゃふつ》して、そこにレーズンを入れる。更に、一度沸騰させたあと冷ました水もビンに入れた。ミリアは横にいて、桜子の作業をハラハラした様子で見守っていた。

「マキタ様、それは……？」

「パンを作るの」

レーズンを水につけて数日置くと、発酵して酵母《こうぼ》ができる。この酵母でパンを作るのだ。

厨房でパンを作れば、コスト面の問題もクリアでき、かつブラキオの面子《メンツ》も保つことができる。

「しかし、神殿には壺窯《つぼがま》はございません」

壺窯、というのはナンを焼く時に使う、壺の形になった窯のことだ。パン屋にはあるが一般家庭にはないらしい。一般家庭にあるのは、石窯と呼ばれる薪《まき》オーブンだ。これは神殿の厨房にもある。

「石窯があれば大丈夫」

桜子はレーズンの入ったビンを見つめながら答える。

（これなら、きっと誰も傷つけたりしないはず……！）

自分の運命を大きく左右するであろう小ビンに、桜子は「うまくいきますように」と声をかけ、拍手《かしわで》を打って拝んだ。


そうして、桜子がこの国に来て九日目の朝のことだった。

「……よし、始めよう」

夜のうちに液種《えきだね》を仕込んでおいた生地に触れる。久しぶりの感触だ。小麦粉は桜子の知っているものよりも精製の度合いが低く、全粒粉《ぜんりゅうふん》を混ぜたものに近い。

掌《てのひら》で生地をまとめて、腕全体を使って捏《こ》ねる。グッグッと力を入れていると、初めて扱うこの粉をどう料理するか、母親に相談したいような気持ちになった。不意に襲ってきた切なさに、涙が滲《にじ》みそうになるが、一つ深呼吸して堪《こら》える。

「そろそろ焼くから、石窯の準備お願い」

桜子が成形を終えた丸い生地を石窯の天板に載せ終える。と、ミリアが重い石窯の蓋を開く。

「マキタ様。準備ができました」

気温も湿度も発酵の進み方も手探りなら、温度設定のできない石窯の火加減も手探りだ。

(お願い、上手くいって!)

桜子は祈るような思いで、蓋を閉める。

そのうち、生地の焼ける匂いが漂《ただよ》ってきた。ミリアが「いい匂いが致しますね!」と明るい声で言う。

鼻に届く香りが変わった。懐かしい、パンの焼ける香りだ。

「一回開けてみよう」

ギギギ……

石窯の重い蓋を、ミリアが開ける。

「あ！　膨らんでます……!」

表面の焦《こ》げが少しきついが、ぷっくりと丸い、パンらしい形になっている。冷めるのを待ちきれず、桜子はそれを半分に裂いた。

「熱ッ……あ……！　できてる！　ちゃんとパンになってる‼」

キメの綺麗に整ったパン生地だ。桜子は裂いたパンをベキオとミリアに渡す。

「これは……こんな柔らかいパンは食べたことがありません！」

「美味しいです！　マキタ様」

二人は勢いよくパンを食べている。味は問題ないようだ。

「よかった。……でも火加減が難しいね。表面が焦げないよう、もうちょっと工夫しないと……」

桜子はパンの出来をチェックしながら、二人に問う。

「このパンが、壺窯《つぼがま》のパンと同じ値段で売ってたら、買うよね？」

顔を見合わせたベキオとミリアは、パンを急いで呑み込んでから「それはもちろん」と声をそろえた。

「明日もう一回作ってみよう」

液種《えきだね》はまだ残っている。継ぎ足していけば毎日でも使うことができる。

「次の三ノ曜《さんのよう》までに、練習したいの。力を貸して、ベキオくん、ミリアちゃん。明日また材料を買いに行こう」

ミリアが不思議そうな顔をした。そんなにたくさんの小麦粉が必要なのですか？　という疑問の表情だ。たしかに、小麦粉はまだ十分に残っている。今日焼いた数のパンならば、数日分は作れる量だ。だが――

「もっとたくさん作るの。たくさん作って、お金に替える」

焼きたてパンを手に、桜子は強い決意を込めた瞳で二人を見た。

「マ、マキタ様、それはしかし……」

「我々は商行為を禁じられております」

二人は慌てて顔色を変える。

「うん。もちろん売るのは私たちじゃないよ」

そんな二人に、桜子はにっこりと満面の笑みで応えた。

「神職《わたしたち》が売らなきゃいいんでしょう？」

そして、次の三ノ曜――

「ふわふわパン　おぉ　ふわふわパン

一口食べれば　ときめいて

二口食べれば　貴女も虜《とりこ》

忘れられない　あの香り

ふんわり甘い　絹の口当たり

ふわふわパンは　おいしいな

ふわふわパンは　素敵だな」

中央区の階段に、ベキオの歌が響き渡る。

ベキオが情感豊かに歌いあげているのは、桜子が焼いたパン――名づけて『ふわふわパン』の販促ソングだ。

桜子は真面目で法を順守し、選挙も欠かさず投票する模範的な納税者だ。中学生の時は制服のスカート丈を変えたこともないし、校則にも就業規則にも背《そむ》いたことがない。

ブラキオは神官。ベキオは、神官の息子。ミリアは、神官の養女で女官。桜子は東方から来た巫女（詐称）。瀬尾は巫《かんなぎ》（詐称）。全員、商行為が禁じられている。残るコマは一つ――幸いにも一つだけ存在した。

「だからってなんでオレが……」

ガルドはボヤきながら、パンを入れたカゴを抱えてベキオの後ろをついていく。神官長の弟ではあるが、還俗《げんぞく》して傭兵稼業についているガルドは一般人だ。だから、彼の仕事が休みである三ノ曜《さんのよう》を選んだのだった。

桜子は夜明け前からパンを焼き始め、焼き上がったパンを、ガルドとベキオに託した。ガルドは今、桜子がシーツで作ったコック帽と白いエプロンを身につけている。その衣装のおかげで、傭兵の鍛え上げられた肉体が、恰幅《かっぷく》のいいシェフのように見える。王都にはコック帽が存在しないそうなので、王都の人たちにどのように見えているかは謎だ。だが、そこは気にしないことにした。要は気合の問題だ。

発酵待ちの間、桜子とミリアは物陰から二人の様子を見守っていた。

「ふわふわパンは　おいしいな
　ふわふわパンは　素敵だな」

　歌いながら中央区の階段を十段ほど上ったところで、ベキオは貴族らしい身なりの婦人に声をかけられた。

「ごきげんよう、お嬢さん」

　ベキオが華麗なるホスト顔で、商品説明をしつつ試食用のパンを渡す。

「ふわふわとした、この極上の口当たりを是非ご堪能ください」

「まぁ、美味しい！　ブドウ酒の香りがするのね。おいくら？」

「一個一ランになります」

「四ついただくわ」

　注文を受けて、ガルドが金の受け渡しをする。

（やった……！）

　物陰から見ていた桜子は、思わず拳《こぶし》を握りしめた。

「あら、美味しそう」

「よろしければ、どうぞお試しください、お嬢さん」

　次々と人が集まって来る。ベキオにあらゆる年齢の女性に『お嬢さん』と呼びかけるよう指示したのは桜子だ。

「マキタ様、そろそろ……」

「あ、いけない。もう発酵終わる頃だね。戻ろう！」

パンが順調に売れるのを見届けたのち、桜子はミリアと一緒に神殿まで走って帰った。

「どんどん焼かないと！　夕方までが勝負だね。頑張ろう！」

早朝からの作業で身体はヘトヘトだったが、今は不思議と軽く感じた。このパン販売が成功すれば、皆が飢えから解放されるはずだ。希望が桜子を奮い立たせる。

成形の済んだ生地をオーブンに入れて、すぐに次に焼く生地の準備を始めた。

「このパンの焼ける匂い、私大好きです」

作業をしながら、ミリアは小さくつぶやくように言った。その声が今にも泣き出しそうに震えている。苦しかった頃を思い出しているのだろうか。フォローの言葉の代わりに、桜子は「私も」とつぶやく。

そろそろまたパンが焼けるという頃に、ガルドとベキオが慌ただしく戻ってきた。

「嬢ちゃん！　全部売れたぞ！」

「あと二つ、焼けますか⁉　すぐにも欲しいとおっしゃるお客様が……」

その言葉を聞いた途端、桜子は顔をクシャクシャにして、涙をポロポロとこぼした。これで飢えずに済む。死なずに済む。泣きながら、桜子は焼き上がったばかりのパンをカゴに入れた。横を見ればミリアもベキオも泣いている。ガルドは桜子とミリアの肩をポンポンと叩いていた。

その日、ベキオたちは休みなく王都のあちこちでパンを売り歩いた。最後のパンを売りに神殿を出た二人が、すぐに完売させて戻って来たのは、もうすっかり日の傾いた頃だった。

「ただいま戻りました！」

「ほらよ、今日の売り上げだ」

ジャラリと音を立てて、テーブルの上に銅貨が広がる。

これを元手に材料を仕入れれば、次回は更に売る数を増やせるはずだ。

「ありがとう！　皆ありがとう！」

「お疲れ様でした！」

お互いに今日一日の労を労《ねぎら》い合う。

その日は慰労と、ガルドへの謝礼の意味もこめて鶏肉を買った。肉を焼き、骨でダシを取ったスープにニョッキを浮かべる。

食卓には、今日一切働いていない瀬尾もいて、美味《うま》いとも不味《まず》いとも言わずにスープを飲んでいた。遅れてきたブラキオは感謝の言葉だけは口にしたが、食事を終えるまで無言だった。

ともあれ餓死の危機をひとまず脱し、桜子はこの神殿に来て九日目にして初めて、安眠を得た。

＊　＊　＊

週に一度のふわふわパンの販売が、三度目を迎えた。ふわふわパンは販売開始間もなく完売するほどの人気を博し、桜子たちは毎日の食事には事欠かなくなった。

――だが問題が三つある。

一つめは、信仰上の問題だ。神職は商行為を禁じられているが、そのラインすれすれを狙って、神官長の息子が販促ソングを歌い、弟が販売を行っている。ブラキオは顔色こそよくなったが、日に日にどんよりとした空気をまとうようになった。

二つめは、作業効率の問題だ。商行為の禁止のルールを遵守するためには、ガルドの傭兵稼業の休みである三ノ曜《さんのよう》にしか販売できない。これがプレミア感を煽《あお》って、次第に南区の門の前に人が並ぶようになったが、とにかく効率が悪い。毎日売ることができれば、と桜子でなくとも思うだろう。だが、人を雇えるだけの余裕がない。

三つめは、ふわふわパンの流行によって、南区のパン屋の経営が圧迫されたことだ。これに桜子が気づくまでには、多少の時間を要した。

桜子はなにも、パン屋になるべくしてこの国にやってきたわけではない。

早く日本に帰って仕事に復帰したいと思っているし、寿司と冷たいビールを心ゆくまで楽しんで、温泉にでも浸《つ》かりたいと思っている。なに一つ諦める気などない。

だから桜子は、ふわふわパンの販売日以外の日はベキオの案内で、王都のあちこちを歩いていた。

——日本の縁《よすが》を求めて。

だが、そうして歩けば歩くほど、桜子の絶望は深くなった。

自分の踏んでいる大地のどこかに日本があるとは到底思えなかったのだ。それなのに、人々は流《りゅう》暢《ちょう》に日本語を話す。仏僧《ぶっそう》もいなければ袈裟《けさ》もないのに『大袈裟《おおげさ》』という言葉が通じる。ことわざの類《たぐい》も通じる。文字はアルファベットのような表音文字に見えるのに、話し言葉はまごうかたなき日本語だ。それがかえって、日本を遠く感じさせた。

白い石造りの美しい街並み。色とりどりのエンパイアスタイルのワンピースを着た女性たち。存在しない電柱。そびえたつ王都の城壁。

桜子は空を見上げた。空は同じだ。だが吹いてくる風はカラリと乾いていて、日本のそれとは違っている。

唯一の手がかりといえばモリモトスーパーだが、ベキオもミリアもモリモトスーパーこそが南区を困窮させた元凶だと信じているため、一緒に南東区に行こうと言える雰囲気ではなかった。

ガルドにまた頼むことも考えたが、休みの日はパンの販売にかかりきりだ。貴重な休日に朝から晩まで働かせているだけでも申し訳なく思っているのに、その上南東区に同行してくれとは頼みにくい。かといって、単身で王都を歩く度胸はまだなかった。

（また、なんの手がかりもなかった……）

その日も、桜子は肩を落として南区の大門の前まで戻ってきた。

せめてもの戦利品は、ライ麦に似た、独特の香りのするウシ麦という麦の粉を手に入れたことくらいだ。王都の人たちの好みを知るため、試食品は様々な種類をそろえるようにしている。

ベキオと桜子が相変わらず寂《さび》れた中央通りに足を踏み入れた時――

「ほっといてくれ！」

「タオ！」

ガタン、と大きな音がして、パン屋から青年が飛び出してきた。後を追って、もう一人壮年の男性が出てくる。

「もうご免だ！　こんなとこにいたって、いつか飢え死にするだけだ！」

「待ちなさい……！　お前がいなくなったら誰がこの店を継ぐんだ！」

どうやらパン屋の父子《おやこ》のようだ。栗色の髪をした背の高い二人は、しっかりした顎《あご》のラインといい、太い特徴的な眉といい、よく似た顔立ちをしていた。王国《こちら》の人たちは全体に背が高いので、桜子は人に会う度『背が高い』と感じてしまう。

「どうせここがなくなったって、皆モリモトスーパーに行くだけだ。今じゃ神殿だってパンを売ってる。オレたちが店を続ける意味がどこにある！」

「お前はなにもわかってない！　パン屋は地域の中心だ！　パン屋のない区なんてものは、あっちゃならんのだ！」

青年は、身に着けていたエプロンを勢いよく道路に叩きつけた。

ベキオが神殿を捨て吟遊詩人になろうとし、ブラキオが飢え死にをしてでも南区に留《とど》まろうとしたように、このパン屋の父子もまた、悩みの中にあるのだろう。他ならぬ自分が彼らの生活を圧迫していたのかと意識した途端、肩にズンと重いものがのしかかってきた。

ふと、店主がこちらに視線を向ける。どうやら桜子たちが見ていたことに気がついたようだ。

「これは……お見苦しいところをお見せしてしまいました。ごきげんよう、ベキオさん。こちらのお方はもしや……」

店主は桜子の方を見、目を大きく見開いた。

「東方からエテルナ神殿にお越しくださった、巫女様です」

「これはこれは……やはり巫女様でございましたか。この南区で代々パン屋を営《いとな》んでおります、シオと申します。こちらは倅《せがれ》のタオでございます」

パン屋の店主シオは改めて深く頭を下げ、その息子タオもそれに倣《なら》う。

「マキタです。よろしくお願いします」

最近は桜子も『東方から来たエテルナ神殿の新しい巫女・マキタ』で通すことにしている。巫女ではない、と否定した後に、自分の素性を説明することができないからだ。

「お買い物の帰りでしょうか。お二人でその量はおつらいでしょう。……タオ。お荷物をお持ちして差し上げなさい」

桜子が遠慮するよりも先に、タオが桜子とベキオが持っていた小麦粉の袋を肩に担ぎ、歩き出した。

(わ。さすがパン屋の息子)

荷物運び一つとっても、瀬尾とは大違いだ。

無言のままで上り切った神殿の階段の上で、ミリアが出迎えた。

「お帰りなさいませ。……あら、タオさん。荷物を運んでくださったんですね。ありがとうございます」

ミリアが礼を言うとタオは会釈《えしゃく》だけを返す。

「ありがとうございます。助かりました」

厨房《ちゅうぼう》まで袋を運び調理台に下ろすタオに、桜子は礼を言った。

「長くお布施《ふせ》も納められていません。せめてこのくらいの功徳《くどく》は積ませてください」

そう言ったタオの視線が、試作品のパンが入ったカゴの上で止まっていた。

「……神殿のベキオさんがパンを売っていると、最近噂になっています」

「ベキオくんが売ってたわけじゃないんです。売ってたのはガルドさんです」

「神官長様の弟さんでしたか。傭兵の？」

「はい。神殿の人間は、商行為を禁じられていますので」

タオは「考えましたね」と言って小さく笑った。神殿がパンを売り始めたことで腹を立てているのではないかとハラハラしていたのだが、含むところはないらしい。その毒のない笑みに、桜子はかえって良心の呵責《かしゃく》を覚える。

「図々《ずうずう》しいことをお願いしますが、後学のために噂のパンをひと切れいただけませんか」

桜子はパンを半分に切ってタオに差し出した。タオは会釈をしてパンを受け取る。

「……美味《うま》い」

一口かじったパンの生地を眺めたタオは、今度は指でつまんで調べ始めた。

「東方のパンですか。こちらではあまり見ません」

「あぁ……うん、まぁ、そんな感じです」

このパンを日本料理だと説明するのもおかしい気がするが、自分の故郷で食されているには違いないので、桜子はそう答えておいた。

「酵母《こうぼ》はなにを？」

「レーズン……ええと、干しブドウです。こっちのパンはヨーグルト種ですよね？」

「ヨ……？　なんですか？」

「すみません。東方の言葉です」

数日過ごしてわかったのだが、基本的に日本語は通じるものの、カタカナ語は一部を除いて通じない。例えばパンやスープは通じるが、レーズンは干しブドウ、ワインはブドウ酒と言わなければ通じない。ヒアリングには困らないが、こちらから言葉を発する時は意識する必要がある。

「なるほど。これは人気が出るわけですね。味もいいし、これだけ柔らかいパンを、うちのパンと同じ値段で売られたら太刀打ちできません。それにしても、なぜ販売を毎日されないんですか？　……あぁ、ガルドさんの休みを待ってるわけですか」

「そうなんです。それが悩みで」

「うちも、以前は果実の酵母で作っていたのですが……」

しばらくパン談義に花が咲いた。桜子はタオから、今日買ったウシ麦を使ったパンには酸味があり、クセは強いがよく売れる定番商品の一つだということを教えてもらった。その会話の最後にタオがため息をついて言う。

「うちも、こういうパンが作れればいいんですが」

それを受けて桜子もつぶやく。

「うちも、もっとこのパンを売れればいいんだけど」

そして二人は、顔を見合わせ——

「「あ……！」」

同時に叫んでいた。


そこからの展開は、実にスピーディーだった。桜子は走って男宮の前まで行くと、鐘の存在など一切忘れてベキオの部屋のドアを叩いた。

ドンドンドン！

すぐにドアが開き、目を丸くしたベキオが顔を出す。

「い、いかがなさいました！　マキタ様！　ここは——」

「べキオくん、お願い！　商談がしたいの！　力を貸して！」

ここは男宮でございます、と皆まで言わせず、桜子は叫び、掌《てのひら》を合わせてベキオに頼んだ。

「シオさんのパン屋さんに、パンを売ってもらおう！　それで、シオさんにお布施《ふせ》をもらうの。それなら私たちが売るのとは違うよね!?　神殿に入ってくるお金はお布施になって、シオさんの店も儲《もう》かるし、神殿にもお金が入る。八方丸く収まると思わない!?」

話の途中から、ベキオの頬がバラ色に輝き始めた。

「はい！　今すぐ用意を致します！」

桜子は、タオとベキオと共に事務所に走り、さっそく商談を始めた。

「原価は十個で三ラン六スー。光熱費を含めると……単純計算で十個四ラン」

桜子が口にした数字を、ベキオが黒板にチョークで書き出す。

「うちは、小麦粉を一袋二ランで買ってるの」

「一ヒューの袋一つで二ランは高すぎる。仕入れはこちらでさせてもらいます。卸値《おろしね》なら一ヒュー一ラン五スーで手に入る。酵母《こうぼ》種もこちらで準備しましょう」

「それだと全部任せる形になるけど、いいの？」

「うちは前王国の時代から続くパン屋ですよ」

餅《もち》は餅屋だ。頼もしいタオの言葉に、桜子は提示された条件をそのまま呑むことにした。

「じゃあ、神殿は場所と石窯《いしがま》、あと私たちの労働力を提供するだけ……ってことだよね？」

「はい。神殿の石窯は大きい。是非使わせていただきたい」

神殿は本来、大人数が生活する環境を想定して作られているので、鍋釜の類《たぐい》はすべて業務用サイズだ。桜子は王都の家庭サイズの石窯を見たことはないが、タオが言うならそうなのだろう。

「将来的には、神殿ではなく店で石窯を用意できればよいのですが……もちろん、労働力に関しても、我々だけで賄《まかな》うのが理想です」

実に理想的な展開だった。ふわふわパンを南区のパン屋が作って売れば、これまで以上の利益が見込める。そうすれば、神殿にもお布施という形で現金が入るのだ。

話はあっという間にまとまった。あとは許可を得るだけだ。桜子はその足で、事務所の奥の執務室にいるブラキオを訪ねた。

「――お願いします、ブラキオさん」

桜子の説明を聞いたブラキオは、渋い顔をより渋くする。

「迷惑ばかりおかけして、本当に申し訳なく思ってます。私なりに一番よい方法をと考えた道です。でも、無理強《じ》いはできません……」

もし、ブラキオが受け入れられないというのであれば、別な道を探すしかない。その件に関してはすでにタオと話をしてあった。

「タオくんが、ここを出るのであれば下宿させてくれると申し出てくれました。瀬尾くんは足手まといなので要らな……ええと、できれば神殿に置いていただけると大変助かります。もちろん、神殿にお布施《ふせ》は入れられるように――」

「エテルナの巫女様」

ブラキオは椅子から腰を上げ、桜子を青い瞳で見つめた。そして数秒の沈黙ののち、ブラキオは胸に手を当て、桜子の前に跪《ひざまず》いて頭を下げた。

「え？　……ブ、ブラキオさん！　立ってください」

桜子は自分も屈《かが》んでブラキオを立ち上がらせようとしたが、ブラキオは動かなかった。

「これもエテルナ様のお導きに違いありません。どうぞ貴《とうと》き意志のしろしめすままに」

顔を伏せているブラキオの表情は読めない。だが「好きにしていい」という結論に至るまでは、きっと葛藤《かっとう》があったはずだ。桜子はブラキオの名を呼び、彼の手を握った。

「ブラキオさんを裏切るような真似は、絶対にしないつもりです。私が行き過ぎたことをしていたら、どうか止めてやってください。よろしくお願いします」

ブラキオに心からの感謝を伝えた。桜子は、タオとうなずき合い、神殿を飛び出す。あとはパン屋のシオとの交渉だ。桜子は、逸《はや》る心のままに中央通りを走った。

「よろしくお願いします!!」

桜子はパン屋につくや否《いな》や、勢いよく頭を下げた。

シオにしてみれば、つい半刻前に家出しようとしていた息子が「『ふわふわパン』をうちで売りたい！」と神殿の巫女を連れて飛び込んできたのだから、話を呑み込むのに時間がかかったのも無理はない。

「父さん。マキタ様には東方のパンの技術を教えていただく。売り方のことでも、ご協力いただけることになった」

タオの言葉に、シオは「じゃあ、グレン神殿のモリモト様のように……？」と言って桜子の顔をじっと見てから、深々と頭を下げた。

「何卒、よろしくお願い致します！　この南区をお救いください！」

桜子は日本生まれの日本人だ。『エテルナの巫女』ではない。だが、今大事なことは、死なないこと。飢えないこと。そのためにも今、口にすべき言葉を、桜子はもう学んでいる。

涙を浮かべたシオの手をしっかりと握り返し、桜子は笑顔でこう言った。「エテルナ様のご加護を」と。

翌日、神殿の地下倉庫に大量の小麦粉が運び込まれた。更に、石窯《いしがま》の周りに薪《まき》が山と積まれる。

さっそく桜子のパン指南が始まった。

さすがに本職のパン屋だけのことはあって、親子はあっという間に桜子が作るよりも遥かにクオリティの高いパンを作るようになった。

「こりゃ壮観だ」

たった四日で神殿の奥宮は、すっかりパン屋らしくなっていた。いつもの休みに神殿に来たガルドは、厨房《ちゅうぼう》を眺めてもう一度「すげぇな」とつぶやく。

「今まで、貴重な休日にパンの販売を手伝っていただいてありがとうございました」

桜子はガルドにぺこりと頭を下げた。

「よせよ。オレだって神殿《ここ》に来る度に兄貴だの甥っ子だの姪っ子だのが、今日こそ餓死してんじゃねぇかと考えずに済んでるんだ。それに毎週の援助も、なかなかに厳しかったからな。助かったぜ」

「ガルドさんに背中を押してもらったおかげです」

「そんじゃ、オレはお役御免だな」

久しぶりに色街にでも行くか、と言ったガルドを、桜子は引き留めた。

「お願いがあるんです。ガルドさん」

「なんだ。色街に興味あんのか？」

「そうじゃなくて……ちょっと耳を貸してください」

辺りに人のいないことを確認してから、桜子は背伸びをしてガルドの耳元で「南東区に連れていってもらえませんか」と囁《ささや》いた。

モリモトへの悪感情はシオやタオにとっても同じことで、モリモトのモの字も口にしづらい。だが、日本につながる手がかりはそこしかないのだ。

「あのスーパーを作ったのは、同郷の――日本という国の人じゃないかって思っているんです」

「そういや、嬢ちゃんも坊主もえらいこと驚いてたな。……ちと場所を変えよう」

周囲に聞かれないようにと、ガルドは桜子を中庭に連れて行く。

「話せば長いんですが……私たち、ここに来ようと思って来たわけじゃないんです。日本に家族も残してきて、このままここで暮らしていくわけにはいかなくて。でも、帰る手がかりがまったくありませんでした。……ですが、王都で唯一の手がかりを見つけました。それが、あのスーパーなんです」

桜子は、当たり障りのない範囲で事情を説明した。

「わかった」

ガルドはそれ以上深く詮索することもなく、あっさりと請け負った。

「南東区までお供するぜ。嬢ちゃん。それで、坊主はどうする？　同郷だろ、連れてくか？」

ガルドの申し出に、桜子は首を横に振った。

「なんだ。また姉弟《きょうだい》ゲンカしてんのか？」

ガルドの問いに、桜子は曖昧《あいまい》な苦笑を返事の代わりにする。

「あれで悪いヤツじゃねぇよ。同郷だとか、血縁だとか、そういう縁は大事にするもんだ。今呼んでくるから待ってろ」

桜子の言葉を待たず、ガルドは瀬尾を男宮まで呼びに行った。


桜子と瀬尾とは、ガルドの後ろについて神殿を出た。

南東区は相変わらずひどく混み合っていた。なんとか店の前まで辿《たど》りついたものの、スーパーの店員の対応は「モリモト様にはお取り次ぎできません。規則です」の一点張りだった。

「ガード固いですね」

瀬尾は難しい顔をして、モリモトスーパーの看板を見上げた。

「こりゃ、直接ご本尊《ほんぞん》のところに行くしかねぇか」

北欧のバイキングのような見た目のガルドに『ご本尊』という言葉は似合わないが、それが南東区にあるグレン神殿へ向かうという意味だということはわかった。

「神殿にいるんですかね」

瀬尾の疑問に、ガルドは南東区の奥の方に目をやって言う。

「嬢ちゃんがエテルナ神殿に住んでるなら、モリモト様だって神殿にいるだろ」

数年前『突如としてグレン神殿に現れた、東方の巫《かんなぎ》』。それが、王都の誰もが知っているモリモトの素性だ。今の桜子たちの状況と酷似している。どうやら、ガルドや市場の面々も『モリモト様』と『マキタ様』を重ねているところがあるようだ。

「行ってみたいです。お願いします。ガルドさん」

この機会に、どうしてもモリモトには会っておきたい――桜子はそう思っていた。

グレン神殿を目指して、南東区を奥へ奥へと進んでいく。人混みはモリモトスーパーを抜けた後も続いていた。

「いつ来ても、すごい人ですね」

「南区からも人が移っちまってな。今じゃ南東区は王都一の人口だ。その上、出稼ぎに来てる連中も多い。人が溢《あふ》れるのも当然だな」

二階建ての住宅が多く、通りだけでなく、階段にも人がいる。決して中央区のように住環境が良いようには見えないが、洗濯物のない南区の通りとは信じられないほどの差だ。

「……これまでも、こういうことはあったんですか？　その、モリモト様がスーパーを始める前にも、区から区へ、大きく人が移動するようなことって」

「ジジイの代まで遡《さかのぼ》っても、そんな話は聞かねぇよ」

桜子の問いに、ガルドは肩をすくめて答える。

初めてモリモトスーパーを目にした時、桜子はその異質さが怖かった。

『スーパー』という存在が、王都の他のどんなものとも別種の精神から作られたものに見えたからだ。まるで外来種が野に放たれ、王都の生態系を乱している――そんなイメージだ。廃《すた》れた南区の静寂を毎日のように見ている今、改めて南東区を訪ねて、その思いがますます強くなる。

やがて神殿が見えてきた。

瀬尾は「うわっ」とその威容に声を上げていた。グレン神殿は、切り立った崖に守られた、まるで要塞《ようさい》のような佇《たたず》まいだった。

「ラスボスいそうですね」

瀬尾のつぶやきに、桜子も心の中で同意した。

「グレン様ってのは風の神だ。エテルナ様と違って、厳《いか》つい男神《おがみ》だからな」

神殿に向かう階段も、エテルナ神殿の月のようなまろやかな線と違い、幾重《いくえ》にも折り返しながら続く険しいものだ。階段の前には、棒を構えた門番までいる。東区にいる外来人のようだ。

「ちょっといいか、兄弟」

ガルドが気さくに門番の男に声をかける。

「エテルナ神殿の巫女さんが、おたくのところの巫《かんなぎ》モリモト様と、どうも同郷らしいって言ってんだ。面会はどうすりゃできる」

門番はガルドを見て「剛腕のガルドか」と言うと、厳つい顔を険しくした。

「悪いことは言わねぇ。すぐに帰れ。あの方に関わっていいことなんぞ一つもねぇよ」

「なにを言いやがる。お前さんはそのモリモト様に雇われてんだろ？」

「食ってくためだ。アンタなら苦労はねぇだろが、外来人のオレにゃ、他に道がねぇんだ。……人を人だと思っちゃいねぇ。あの方は――」

怯《おび》えを含んだ声は、男の逞《たくま》しい体格に似合わぬ細さだった。

その時――

「モリモト様に会わせてくれ！」

突然、叫ぶような声がした。桜子が南東区の中央通りに目をやると、三十代くらいの男がこちらに向かって走ってくる。そして、彼は鼻息も荒く門番に迫った。

「最初と話が全然違ってる！　朝は早いし、夜は遅いし、働いた分はザンギョーダイってのが出るはずなのに、一度ももらったことがねぇんだ。頼む、取り次いでくれ！　娘を医者に診《み》せてぇんだ！」

ザンギョーダイ、という響きが、『残業代』という単語だと気づくのに時間が要った。この王都のロケーションにも、どう見ても二十世紀以前のファッションをしている男にもそぐわない。

「い、今、残業代って言ったよね？」

「言いましたね」

桜子は瀬尾と顔を見合わせた。

王都の人たちには、残業という概念がない。品物が少なくなれば閉店するし、日が落ちれば店を閉める。二十四時間営業のコンビニがそこかしこにあり、日常的に残業をしていた現代日本人の桜子との間には、大きな感覚の差があった。

（『モリモト様』はきっと日本人だ）

確信がいっそう深まる。

王都の人々の穏やかな暮らしに触れていると、桜子は『馬車を導入すると駕籠《かご》かきが職を失う』という理由で馬車を普及させなかった江戸時代の日本人の倫理観を思い出す。それぞれが自分の土地や仕事を守っていく、競争の少ない世の中――それは桜子やモリモトが生きる現代日本とは、異なる世界だ。

「今日のところは引き揚げるぞ」

ガルドが呆然とする桜子たちに声をかける。まだ門番に掛け合っている男は「モリモト様に会わせてくれ！」と叫んでいた。

早く行け、というように門番が目配せをしているのを横目に、三人はその場を立ち去った。


南区に戻るまでの間、桜子はほとんどなにも喋《しゃべ》らなかった。目の前でプツリと蜘蛛《くも》の糸が切れたのだ。気は重い。

「今日はありがとうございました」

別れ際にガルドに礼を伝える。ガルドはポン、と桜子の肩に手を置いた。

「オレは元々兄貴とは反りが合わねぇし、家族との縁もそう濃くはなかったが、長く国境近くにいると思い出すのは家族の顔だ。……オレも嬢ちゃんには感謝してるんだ。モリモト様のことは調べとく。恩返しだと思っとけ」

涙ぐみそうになるのを鼻の奥でグッと堪《こら》え、桜子はもう一度ガルドに礼を言った。

「あんまケンカばっかかすんなよ」

バンッとガルドに背を叩かれた瀬尾は、小さく返事らしきものをする。

帰っていくガルドの大きな背も、南区の街並みも、夕焼けに染まろうとしていた。

日本は遠い。まるで手がかりも得られないまま時間だけが過ぎていく。どれだけ絶望しても、日本に帰るその日まで、桜子はこの王都で生きていかねばならない。

ぐっと拳《こぶし》を握りしめ、日がすっかり沈む頃まで桜子は王都の街並みを見つめていた。

ふと見れば、桜子の横にはまだ瀬尾がいた。瀬尾も南区の街並みを眺めていたようだ。

改めて言葉を交わすでもなく、二人はそれぞれの部屋に戻って行った。

＊　＊　＊

日々は、どの世界にも等しく流れていく。パンの委託販売を始めてから四ヵ月もの時間が過ぎ、桜子は神殿で新しい年を迎えた。

——桜子の朝は大抵、落胆で始まる。

目を覚ましたら、大國デパートの四階の倉庫にいるのではないだろうか。自宅のベッドにいるのではないだろうか。実家の自分の部屋にいるのではないだろうか。そして母親がドアの向こうから「お母さん、もう出るからね？　桜、ちゃんと起きなさいよ？」と声をかけてくれるのではないか——。そんな期待をしてしまうからだ。そしていつも期待は裏切られる。

「おはようございます。マキタ様」

朝の身支度を終えて食堂で朝食を摂っていると、ミリアが入ってきた。

「試食のパン、召し上がっていただけましたか？」

「うん。クルミのパン、美味しかったよ。今日市場の方に行くから、シオさんのところに寄って、感想伝えてくるね」

神殿の厨房《ちゅうぼう》で一日中パンを焼くのは息子のタオだ。父親のシオは店と神殿を行き来して、ナン型のパンとふわふわパンの両方を作っている。

ふわふわパンはとにかく売れた。そのことで今、様々な変化が起きている。

まず、シオの妻が接客の手が間に合わないと悲鳴を上げた。そこで、別の区のパン屋で下働きをしていたシオの次男ジェドが南区に戻ってきた。先行きが不安で先延ばしにしていた恋人アーサとの結婚を急いで駆けつけてくれたのだ。彼は移動販売と宅配を担当し、新妻は姑《しゅうとめ》と一緒に店先で接客を始めた。神殿の大きな石窯《いしがま》をフル稼働させ、人手の増えたパン屋一家はふわふわパンの売り上げを順調に伸ばしていった。

こうなると、素人《しろうと》の出番はない。桜子は自由になった時間のほとんどを、王都の情報を収集するために使うようになった。

その日も桜子は、ベキオと一緒に通いなれた神殿の階段を下っていった。

いい天気だ。基本的に、王都は雨が少ない。空気も程よく乾いていて、気候の大きな変動がなくて、安定している。冬でも雪が降らず、コートが必要ない程度だ。

今日桜子が着ているのは、淡い青緑の生地に緑色の蝶の刺繍《ししゅう》が施《ほどこ》された長袖のアオザイだった。そこに、南区の古着屋で買った白いショールを羽織っている。ふわふわパンのおかげで、わずかだが経済的な余裕ができ、多少のおしゃれを楽しめるようになった。

カンカンカン　コンコンコン。

市場の方から、リズミカルな音が聞こえてくる。

「あ、工事ずいぶん進んだね！」

シオのパン屋の向かい側には、潰れて空き店舗になったままの大きな食堂があった。

パン工場と化したエテルナ神殿の様子にブラキオが心を痛めていることは、桜子も知っていた。

そこで、パンの売り上げが安定し始めたのを機に、パン作りの拠点を移すことを考えたのだ。

そこで目をつけたのが、このパン屋の向かいの食堂だった。神殿のものより大きな石窯《いしがま》もあれば、広い厨房《ちゅうぼう》もある。立地といい設備といい、理想的な店舗だ。

持ち主を調べたところ、土地はエテルナ神殿が所有しているということがわかった。基本的に、市場のほとんどは神殿の土地なのだそうだ。テナント代はお布施《ふせ》という形で神殿に納めることになっているという。それを知り、桜子はこのシャッター通りの現状がいかに神殿にとって痛手だったのかを改めて理解した。

パン製造の拠点が神殿から食堂に移れば、ブラキオの憂《うれ》いが消え、パンの売り上げが増え、お布施としてテナント代が神殿に入る。更に従業員を雇えるようになれば、南区に人が増える。いいことずくめだ。

三年ほど放置されていたという潰れた食堂は大きな修繕が必要だったので、工事は北区の職人街に依頼することにした。北区は職人の街で、様々な専門職の職人たちが集まって暮らしているのだそうだ。

「お疲れ様です」

桜子は、公園のベンチに腰を下ろしていた休憩中の大工たちに声をかけた。

「あぁ、巫女様。今日もお出かけですか」

「巫女様ってのは、神殿の奥に引っ込んでお祈りばっかりしてるもんだと思ってましたがね」

大工たちが豪快に笑う。

「ちょっと変わり種なんです、私。……これ、よろしかったら皆さんでどうぞ」

桜子は差し入れのワインの壺をベキオから受け取り、大工に渡した。こちらのワインは、水で薄めて飲むのがスタンダードだ。酸味が強いので、その方が口当たりがいい。王都の水はとても綺麗で、幸いなことに桜子でも煮沸《しゃふつ》せずに飲むことができるし、十分に美味しいと感じる。

「完成、楽しみにしてます。よろしくお願いします」

「任せといてください。南区からの依頼なんて五年ぶりだ。祝儀代わりに、しっかり仕事させてもらいますよ」

「この調子で、どんどん新しい店を出してってくださいよ」

大工たちの励ましの言葉に、桜子は「その時はまたよろしくお願いします」と笑顔で返した。

この市場に店が埋まり、人が溢《あふ》れる様《さま》を頭で描く。そんな日が来ればいい、と心から思った。

「お昼は用意してますので、是非、南区自慢のパンを召し上がってくださいね」

大工たちの昼食は、ふわふわパンの他、閉店間近だった惣菜屋に依頼して提供している。

「あ。シオさんに話があるんだった。ベキオくん。ちょっとパン屋に寄っていくね」

ベキオに声をかけ、桜子が大工たちに会釈《えしゃく》をして踵《きびす》を返した時――

(……あれ?)

「マキタ様?」

「あぁ、ごめん。大丈夫。行こうか」

最近、ふとした時に人の視線を感じることがある。

(疲れてるのかな。……最近、忙しかったものね)

桜子はそう結論づけると視線のことを忘れ、シオの店に向かった。

「あぁ、マキタ様、ベキオさん。ごきげんよう」

シオは壺窯《つぼがま》の前で汗を拭って言う。熱い壺窯での作業はかなりの重労働だ。

「シオさん。クルミのパン、美味しかったです。あれだけの味なら、もっとクルミを多くして一ラン三スーで売れないでしょうか」

「なるほど。それはいい。新作を楽しみにしてくださってるお客さんも多いんです。そうしてみます」

ふわふわパンは、話題性や目新しさが大きな付加価値になった商品だ。特に富裕層向けの商品は、飽きられないように倦《う》まず弛《たゆ》まず新しい提案をしていく必要がある。

「今、大工さんと話してきました。『月《つき》の光亭《ひかりてい》』、もうすぐ完成しますね」

『月の光亭』というのは新店舗の名前だ。パンの販売だけでなく、食堂だった店の構造を活かして、イートインスペースを設ける予定になっている。

「ありがたいことです。神殿に工事まで負担してもらうなんて、夢のようです」

店舗の工事費は神殿がすべて負担している。設備を整えてテナントを誘致する方針は今後も続けていくつもりだ。ふわふわパンを買いに集まった客に、市場で買い物もしてもらう。そうして南区の市場全体が潤《うるお》っていくのが理想の形だと、桜子は考えている。

「ついこの間まで、首でもくくるしかないと思ってたのが嘘みたいですよ。心から感謝しております。マキタ様。……最近ね、女房と、もしかしたら南区がまた昔の賑《にぎ》わいを取り戻してくれるんじゃないかって話してるんですよ。マキタ様なら、きっと南区を救ってくださるってね」

シオの目元が濡れている。この四ヵ月、何度この目を向けられたか知れない。『東方から来た巫女』は、大きな期待を受けているのだ。

「一緒に頑張りましょう。……エテルナ様のご加護を」

桜子はそう言って、パン屋を後にした。

南区の門をくぐり、中央区の階段を上る。王都は全体的に清潔感があるが、特に中央区は、富裕層の多い居住区が続いていることもあってか、よりその印象が強い。

「移動販売って、うち以外でやってるところないね」

桜子は王都のあちこちを見て回ったが、シオの次男であるジェドと行き合う以外、移動販売を見たことがない。

「貴族の邸《やしき》へは商人が直接出入りしますので、移動販売はございません」

「屋台も見かけないね」

「秋の祭りには、七日の間どこの区でも通りが屋台でいっぱいになります。華やかなものですよ」

ニコニコと笑顔で話すベキオの様子から、祭りを楽しみに思う気持ちが伝わってくる。

「これまで王都では、他の区の客を奪うようなことはありませんでした。それぞれ地域に根を張った店を利用するのが普通です。……よほどのことがなければ」

南区ではモリモトの話はタブーだ。誰もが眉を顰《ひそ》め、話題を避ける。ガルドの情報では、モリモトはスーパーの代表を務め、国内だけでなく国外とも大きな取引を行っているそうだ。神職の商行為禁止の掟《おきて》など、どこ吹く風という態度らしい。わずか数年で築いたその財は王都に並ぶものがないとさえ噂になっているとのこと。ガルドに「ヤバいから手を出すな。ヤツと同郷だってことも伏せておけ」と忠告されるほど、モリモトの闇は深く濃いようだ。

「次の祭りには、南区もきっと賑《にぎ》わいましょう」

次の祭りが来れば、この国に来て一年が経ったことになる。賑わう様子は楽しみだが、心中は複雑だ。

「ベキオさん！」

中央区の大きな広場の前を通りかかった時、一人の少年がベキオに声をかけてきた。
十二、三歳くらいの少年だ。髪は黒に近い焦《こ》げ茶色で、東区に多い中東系の顔立ちをしている。
「あれ、こちらは？」

「東方から来られた巫女様だ。マキタ様とおっしゃる。——マキタ様。彼は、ハロという東区の食堂の倅《せがれ》です」

「初めまして、マキタです」

桜子は大きな琥珀《こはく》色の瞳の少年に笑顔で挨拶《あいさつ》をした。

「気さくな方だが、巫女様だからな。気安い言葉をかけるなよ？」

「わかってますって。――ハロです。東区の食堂の放蕩《ほうとう》息子です。よろしく」

ハロは人懐っこい笑顔を見せる。そして「またリュート持ってきてくださいよ」とベキオに言うと、使いの途中だからと、すぐに東区の方に走って行った。

「すみません。とんだ足止めを」

「ベキオくんのお友達？」

「芝居仲間です。南区の演芸場は閉鎖してしまったので、今は歌い手や役者が舞台に立てる機会が、酒場くらいしかありませんが……」

ベキオは寂《さび》しげな表情を浮かべた。

「いつかまた、仲間たちと芝居を演じる場を作ることができればと思っています」

神殿を捨てて吟遊詩人になる、と言っていたベキオが、今は南区の未来を見ている。その綺麗な青い瞳の輝きに、桜子も目を細めて微笑んだ。

「叶うといいね」

「マキタ様は？　いつか叶えたい夢は、おありですか？」

思いがけない問いだった。だが、答えは決まっていた。

「母に会いたい」

帰りたい。もうここに来て四ヵ月が過ぎている。一人娘の行方がわからなくなったと聞いて、どれほど母親が心を痛めていることか。そう思うと、胸が張り裂けそうなほど苦しい。

「そうですか……数ならぬ身ながら、私もマキタ様の思いが叶うことを祈っております」

「ありがと。――そろそろ戻ろうか」

ベキオの言葉にそう答え、桜子は南区に足を向けた。日本に残してきたもののことを考え始めると、ついそれらにとらわれて前に進めなくなる。日本へ戻る手がかりを得るどころか、『この世界に日本はない』という確信ばかりが深まっていくが、桜子はまだ諦めたくなかった。

そろそろ昼時だ。南区の門のあたりには、桜子がこちらに来た四ヵ月前とは違って人通りがある。その様子を見ると、桜子の沈みかけていた気持ちが少しだけ浮上した。

不意にその人の流れが割れた。ベキオが足を止め、道の端に寄る。桜子も同じように移動した。通りがかりの人たちがあけた道を、青年が数人、大きな鍋を持って歩いてくる。

「『青鷹団《あおたか》』の方たちです」

身なりから察するに、貴族の青年のようだ。男性の服装は庶民と同じシャツとズボンだが、使っている生地の質や形で、おおよその身分がわかる。男性のボトムの腿《もも》のあたりが膨らんでいるのは高級品だし、シャツも袖が膨らんでいるものは貴族しか着ていない。女性であればレースや刺繍《ししゅう》の有無でわかる。

「青鷹団は有志の貴族の子弟で結成された青年団で、各区の養生院や孤児院を回って炊き出しをしておられるのです」

どうやら彼らは、王都の中で尊敬を集める存在のようだ。青鷹団に道を譲った人たちは、温かい目で彼らを見送っていた。

「南区も特にこの一年は、厚くご援助いただいております。本来、慈善活動は神殿の役目。肩代わりをしていただいているようなものです」

ベキオはすれ違う青鷹団の人たちに会釈《えしゃく》をした。すると青年たちから爽《さわ》やかな笑顔が返ってくる。

「ね、ベキオくん。素朴な質問なんだけど……あの人たちの活動資金はどこから出ているの？」

日本では大型商業施設に客を奪われたシャッター通りの復興を、第三セクターが担《にな》う話はそう珍しくはない。だが、南区の窮状《きゅうじょう》に公的な存在が手を差し伸べた形跡はなかった。

「青鷹団の活動はすべて私費で賄《まかな》われております。まこと、貴《とうと》い志《こころざし》です」

桜子は振り返って青鷹団の青年たちを見た。

大鍋を縄で木の棒にくくりつけて運んでいる。こちらの食事のほとんどは、スープとパンという組み合わせだ。大抵スープはメイン料理も兼ねていて、懐《ふところ》事情によって豆や肉が入る。貧困層はパンではなくパスタの類《たぐい》をスープに浮かべて食べる。これは雑炊のようなものだと桜子は理解している。逆に豊かになれば、スープは野菜のみのあっさりしたものになり、メインの肉料理などがプラスされていくそうだ。大人数に向けての炊き出しならば、贅沢《ぜいたく》な食事ではないのだろう。となると、あの大鍋にはニョッキ類のスープが入っていたのかもしれない。

（おにぎりみたいな携帯食って、あんまりないのかな）

以前、工事に来ている北区の大工たちに昼食について聞いてみたところ、北区まで戻って自宅で食事を摂るか、急ぐ時は仕事先の食堂で済ませると言っていた。桜子が大工たちに昼食を提供することを決めたのは、南区に食堂がなかったことが発端だったのだ。

南区の門をくぐり市場に入ると、ちょうど大工たちが昼飯を食べていた。ふわふわパンと、惣菜屋の用意した酢漬けを食べている。酢漬けというのは、桜子の感覚だとザワークラウトのようなもので、キャベツに似た、シャンという野菜を漬けたものだ。作り方はマリネに近い。大工たちはフォークは使わず、酢漬けを手づかみで食べたり、パンにはさんで食べていた。

ナンに具を載せて食べるスタイルは庶民的で、あまり行儀のよい食べ方ではない、とミリアに聞いたことがあった。しかし、彼らがふわふわパンに具をはさみ食べている様子は、なかなかスマートに見える。

（……これ、サンドイッチにすればいいんじゃない？）

そのひらめきに、桜子のテンションは一気に上がった。おにぎりのように持ち運びも簡単だ。具によっては、ボリュームも出せるし、ヘルシーなものにもできる。『パンに具をはさむ』というだけのアイディアだが、忙しい職人や働く人たちの昼食にはもってこいだ。皿も要らないし、フォークも要らない。持ち運びのことを考えると、使うパンはふわふわパンよりもベーグルの方が向いているだろう。昼時に移動販売で売れば、一定の需要が見込めるのではないだろうか。

「ベキオくん！　私、惣菜屋さんに行ってくる！」

ベキオの返事を待たず、桜子は走り出した。

そしてパン屋と惣菜屋に、夕方に神殿に集まってほしいと頼んだ後、桜子は神殿に駆け戻った。そして厨房《ちゅうぼう》の外で一休みしていたタオを捕まえる。

「ベーグルを作りたいの」

呆気にとられているタオに、桜子は黒板に図を描いてベーグルの説明をした。

「弾力があって、腹持ちがいいパンなの。それを二つに切って、間に具を挟んで食べれるようにしたいんだ」

「輪にして、焼く前に茹《ゆ》でるのか……珍しいですね」

「うん。最初は働く人たちの昼食を意識して、腹持ちのよさそうな惣菜を中に入れて売り出したいんだ。――これから作ろう。タオくん。今日は夕食、うちで食べていって」

腕まくりをした桜子に、タオは組んでいた腕を下ろして苦笑した。

「どうしたの？」

「いえ。……市場の皆の話も、まんざら嘘ではないと思いまして」

噂、と聞いて桜子は複雑な表情になった。

「――神話のエテルナ様の再来だ、と」

こうやって、桜子が人知を超えた能力を持っているように思われるのは、彼女が経済の発達した国の人間だからだ。桜子個人の能力が高いからではない。

だから、市場の人たちの評価に、いつも桜子は複雑な気分になる。それでも、彼らが瞳の力を取り戻し、俯《うつむ》いていた顔を上げる様《さま》を見れば、なにも言えなくなる。

「感謝しております。マキタ様。ユリオ王を建国に導いた神々のように、この南区をお救いくださったこと、生涯忘れません」

ユリオ王――という響きが、桜子の記憶をまた揺さぶる。だが、やはりすぐに霧散してしまった。今は曖昧《あいまい》な記憶を探るより、まずは新商品だ。桜子は厨房へと向かった。

桜子は、すぐに試作品のベーグルサンドを完成させた。チーズとシャンの酢漬けをはさんだもの、あとはスモークチキンと青菜（桜子の感覚ではレタス）をはさんだものの二種類だ。神殿での試食会の前に、桜子は市場の工事現場にいる大工たちに差し入れた。

「こりゃいい」

大工たちからの評判は上々だった。

「お上品に食う必要もない。どうもお皿にちんまり載った惣菜を食うのは面倒でな」

「手も汚れねぇしな」

大工たちは大きな口でかぶりつき、ムシャムシャと頬張って食べていた。

（いける！）

桜子はその様子に、たしかな手応えを感じた。

関係者を集めた神殿での試食会の後、皆の前で桜子は新店舗の見取り図を広げた。

「新店舗『月の光亭』についてですが、厨房《ちゅうぼう》が広いので、この機会に惣菜屋さんに店舗を移っていただき、パンと惣菜を同じ店舗で扱うというのはどうでしょう。ちょうど店舗の隣には公園がありますす。この景観を利用して、食堂のように、お店で食事のできる設備も整えたいと思っています」

試食会に集まった惣菜屋の女将《おかみ》と職人は、顔を見合わせてから一つうなずいた。

「パンと惣菜の店ですか。それは……人が呼べそうですね」

タオが、桜子が黒板に描いた図を見て、シオと一緒にうなずく。

「新しいものをどんどん提案していって、南区に人を呼びたい。少しずつ市場のお店を増やして、南区を出て行った人に戻ってきてもらって……そういう方向を、目指すべきだと思ってます」

桜子の言葉に、ジェドとアーサの夫婦が手を取り合ってうなずき合う。

「こちらのパンは、どのような名前で売り出しましょうか」

スモークチキンのベーグルサンドを絶賛していたミリアが、明るい声で桜子に問う。

桜子は、集まった面々の顔を見て笑顔で言った。

「『おいしいパン』――という名前で売り出したいと思います」


試食会の後、夜になっても桜子は事務所で机に向かっていた。

「ネコの手も借りたい……ってこういうことを言うんだろうなぁ……」

字はまだスムーズには読めないが、数字と経理まわりの単語くらいはなんとか理解できるようになった。また、仕入れはそれぞれの店に任せてはいるが、帳簿の写しは受け取っている。現在、神殿に入るお布施《ふせ》はブラキオの許可を得て、桜子が一定額を管理している。この金を利用して、桜子は市場の店舗を修繕したり、公園を整備していく予定だ。テナントの誘致ができればお布施も増える。そうすれば桜子の手元に入る金額も増え、運用資金も増えることになるのだ。

収入と支出、経費のバランス、客単価、売れ筋の商品、移動販売と店舗販売の売り上げの比較――こういった細かいデータは今後の方針や新商品開発に必要な情報となる。

しかもこれからパン屋と惣菜屋が一緒になると、更に情報が増えるのだが――

「申し訳ありません。お力になれず……」

ワインを持ってきたミリアが申し訳なさそうに言った。

「ううん。ごめん。気にしないで。ただの愚痴《ぐち》」

その時、コンコンと事務所のドアが叩かれた。

「すみません。ミリアさん。灯油足してもらっていいですか」

顔を出したのは瀬尾だった。パンを作り始めてから、桜子は瀬尾と接する機会がほとんどなかったので、ひどく久しぶりに顔を見たような気がした。

ミリアが灯油を足しに事務所を出ていく。

(ほんと、なんでこの人ここにいるんだろ。市場にいるネコだってもっと役に立つと思うんだけど)

瀬尾は最初パンを神殿からシオの店に運ぶ作業をしていたが、いつの間にかタオに任せてなにもしなくなった。神殿の掃除にも洗濯にも炊事にも、まったく関わっていない。

(……ネコ？　さすがにネコよりは役に立つんじゃない？　大学出てるんだし)

「瀬尾くん」

桜子は廊下に出て、男宮に戻ろうとしていた瀬尾を呼び止めた。電気のない世界の夜は早いが、神殿は夜の神事を終えるまでが営業時間なのか、この時間でも奥宮には灯りがともされている。廊下を照らす火の陰影は、瀬尾ののっぺりした顔にも多少のアクセントを与えていた。

「ちょっといいかな」

桜子も、ベキオの件で懲《こ》りている。いきなりビジネスライクな要求では人は動かない。ならば、どうやってこの男を動かすか——桜子は頭をフル回転させて、その手段を考える。

「ええと、ワイン、どうかな」

北風ではなく太陽にならねばならない。とりあえず世間話から始めようか、と思っていると——

「すみませんでした」

瀬尾の方がいきなり謝った。

遅刻しても、職場でスマホをいじっていても、コーヒーをこぼして桜子の制服のスカートに染みを作っても、心のこもってない「すいませんでした」しか言わなかった瀬尾が、今、謝罪していた。

「この間……って、もう何ヵ月か経ちますけど。酒場に行った時——」

「私も言いすぎた。ごめん」

すぐに桜子も謝った。謝らなかったのは、自分も同じだ。

本来、大國デパート四階の廊下あたりで交わされるべき会話が、このガシュアード王国南区にあるエテルナ神殿の廊下で交わされている。しかも、二人とも制服ではなくアオザイのような服装だ。

今更ながら、ひどくシュールだと桜子は頭の隅で思った。

「すごいですよね。パンを作って、売って、シャッター通り復活させようとしてるんだから。すごいと思います」

「……褒めてる?」

「褒めてます」

瀬尾に言われると、調子が狂う。酒場でモメて以来、瀬尾を視界にすら入れてなかったと、改めて桜子は実感した。瀬尾の髪がずいぶん長くなっていることに気づいたからだ。短かったはずの髪が、むさ苦しく伸びている。

「槇田さん、順応してますよね。こっちに」

「全然してないよ。戻れるなら今すぐにでも戻りたいもの」

「まぁ、そりゃそうでしょうけど」

「それでね、瀬尾くん、ちょっと頼みがあるんだけど」

予想外に瀬尾との会話が可能なことがわかったので、桜子は一気に話を進めることにした。

「瀬尾くん、理系だよね?」

「……まぁ、はい。大学は」

「経理頼んでいいかな」

瀬尾は真面目な顔で一瞬考えて、「繋がりますか、それ」と桜子に聞いた。

「理系って、数字に強いんじゃないの?」

「まぁ……そういう考え方もできなくもないですけど」

「だから、お願い。私、文学部なんだよね」

桜子は手に持っていた紙を瀬尾に渡した。

「その雑な理系の理解の仕方で、槇田さんが文系なのはだいたい見当つきますけど……ちゃんと大学出てるじゃないですか」

「数学ギリギリだったもん。内角の和とか微分積分とかもう忘却の彼方《かなた》だよ」

「いや、内角の和って……」

「ゼミ、漢文学だし」

「俺、地質なんですけど」

「へぇ、そうなんだ。じゃ、よろしく」

瀬尾は五秒ほど桜子の顔を見つめてから、一つため息をついた。

「……わかりました」

人の話聞かない人ですよね、と言いながら桜子が手渡した紙を受け取る。どの口がそれを言うのか——と桜子は口にしないでおいた。

こうして、エテルナ神殿で眠っていた労働力が、経理担当者として再生されることになった。

＊　＊　＊

『おいしいパン』は、売れた。

特に移動販売が大当たりして、あっという間に売り上げの半分を担《にな》うようになった。宅配の軒数も倍に増え、ジェドだけでは回り切れなくなった。そこで区外で働いていた、ジェドの妻アーサの弟を呼び戻すことになった。

新店舗『月の光亭』も、連日人の流れが途切れることがないほどの盛況ぶりだ。

惣菜屋の女将《おかみ》は、出稼ぎに行っていた兄夫婦とその二人の娘を呼び寄せた。女将の姪に当たるユナとハナは、背格好が双子のようにそっくりな、十六と十五になった明るい娘で、すぐに店の看板娘になった。

そんな右肩上がりの売り上げの中で、唯一の心配事といえば仕入れルートの確保だ。

モリモトスーパーの恐ろしいところは、ただ他の区から客を奪っただけではなく、大きな農家と独占契約をした点にもある。農家から次々と契約を切られたことが、南区の市場が廃《すた》れた一因でもあった。

「中央区のお邸《やしき》に宅配分を届けるだけで、食材の八割がなくなります」

そうタオが報告するように、とにかく食材の確保が厳しかった。青果店や惣菜店の伝手《つて》を使ってかき集めても足りず、すぐに品切れとなるため、最近は夕方まで店を開けていることができない。客単価の高いディナータイムに店が開けられないということが、たまらなく惜しかった。

ふわふわパンもおいしいパンも、いつまで人気が続くかわからない。稼げるうちに稼ぎたいのが本音だ。

桜子は、農家との交渉のため、城外に出ることが増えた。そんな時は、ガルドを半日ボディーガードとして雇う。プロの傭兵を雇うのは安くはないが、ガルドは破格の身内料金で請け負ってくれた。

「よろしくお願いします。形の悪いものでも、少量でも構いません」

桜子は、農家を一軒一軒回って、野菜の買いつけに走り回った。自分の足で仕入れてきた野菜を使って、サラダにしたり、ラタトゥーユ風にしてみたりと、日替わりのメニューを展開していった。

そうして何度も通ううち、好意的な農家も現われた。

「他には売るなって言われてるんですけどね。この量なら、どうぞ」

誰に売るなと言われたとは誰も口にしなかったが、『モリモト様』であることは間違いないだろう。

「形の悪いものはまったく買い取ってもらえなくて、家で食べるしかないんだ。買い取ってくれてありがたい。でも、このことは内緒で頼むよ」

農家からの厚意は、桜子が『エテルナの巫女』だから、という部分が大きい。更に、無理な増産を強《し》いたり、形の悪い野菜を破棄させる『モリモト様』のやり方への不満もあると思われる。

「これも功徳《くどく》になればいいんだが」

そうした言葉を桜子は度々受けた。その度に桜子は「エテルナ様のご加護を」と言う。

そしてあちこちを巡るうちに、小規模農家はモリモトスーパーとは取引をしていないところが多いことがわかった。こうして桜子は、小規模な農家の多い城外西区と呼ばれる地域に度々足を運ぶようになった。

「今日は暑いな」

ガルドの声につられて、桜子は高い空を見上げた。

「このところ、すっかり暑くなりましたね」

季節はもう初夏になった。桜子がこの王国に来て、すでに半年が過ぎている。

旭川で生まれ育った桜子にとって、雪のない冬は冬という気がしない。年の暮れでさえせいぜい秋程度の気温で終わったが、さすがに夏はそれなりに暑いらしい。桜が散って半月もするとジワジワと気温が上がってきた。

「おっと。雨が来るな」

「え？ ……珍しいですね」

「そろそろ霧雨《きりゅう》の季節だ」

この国は、雨があまり多くない。だが梅雨に近いものはあるらしく、霧雨と呼ぶそうだ。

「ま、通り雨で済むだろ。そこらで……お、ちょうどいい。そこのブドウ園で雨宿りしていくか」

ガルドが顎《あご》でさす方には、ブドウ棚が広がっている。

ポツ　ポツ。

ブドウ棚に移動する途中、ガルドの言葉通り、雨が降ってきた。桜子たちは早足でブドウ棚の下に入る。入った途端、頭の上でブドウの葉が雨を弾く音が大きく聞こえてきた。

「よかった。助かりました。……あぁ、そこに家がありますね。私、挨拶《あいさつ》してきます」

「いや、オレが行く。嬢ちゃんはここで待ってろ」

ガルドは桜子を止めて、ブドウ棚のすぐ傍にある家へ走っていった。身体は重量級だが、ガルドの身ごなしはごく軽い。

見上げた葉の間から漏れる光は明るいので、きっとすぐに雨は上がるだろう。

ポツ、と頬に雨の粒が当たった。その瞬間――

「誰だ」

背後からかけられた声に、桜子は飛び上がるほど驚いた。

振り返ると、すぐ傍に背の高い青年が立っていた。日に焼けた肌と褐色の髪、瑪瑙《めのう》の色の瞳をしている。

「……どうした。泣いてんのか？」

少し屈《かが》むように、青年は桜子の顔を見た。目鼻立ちのはっきりとした、エキゾチックな顔が近づく。桜子は驚きとは別の緊張で、思わず青年から三歩ほど後ずさった。

「あの、すみません、勝手に雨宿りさせてもらってました。私。決して怪しい者では――」

「おい。濡れるぞ」

腕がぬっと伸びてきて、桜子の二の腕をつかんで引き寄せた。

「す、すみません！」

「雨宿りなら、中に入れよ」

青年がそう言ったのと同時に、ガルドが戻ってきた。そしてミホと同じく「嬢ちゃん。話はついたぞ。中に入ってけってよ」と言う。

「オレはミホ。ここのブドウ園の息子だ。アンタ、もしかして噂の巫女さんか？」

噂の巫女――という言い方に、桜子は少しだけ複雑な顔をした。

「あちこち駆け回って、商談まとめて歩く女傑《じょけつ》だって聞いてたが……ずいぶん小せぇんだな」

そう言って、ミホと名乗った青年はニッと笑った。日に焼けた顔に白い歯が鮮やかに映える。

桜子は、この国では『小柄』だ。割合小柄な部類のミリアでさえ、桜子より背が高い。ユナとハナの二人の看板娘も一七十センチほど。最近、エテルナ神殿に復職した女官のエマも桜子より長身だ。同じく、復職して今は女官長を務めるシイラなどは、桜子よりも更に十センチは高かった。

「ほら、中に入れよ」

ミホに促《うなが》され、桜子は家に入る。ガルドはもうテーブルについて寛《くつろ》いでいた。

「どうぞどうぞ。急な雨で大変でしたねぇ」

中にいたのは五十手前くらいの女性だった。桜子の母親よりも、少し若いだろうか。彼女がミホの母親なのだろう。

勧められるままテーブルにつくと、コト、と目の前に皿とグラスが置かれた。

「すみません」

「……アンタ、さっきから謝ってばかりだな」

「え？　あ、すみま……ええと……」

ミホは桜子の顔を見て笑っていた。

「そんなにかしこまるなよ。巫女様にそんなに下手《したて》に出られちゃ、庶民は困るぞ」

桜子はまた「すみません」と言いそうになったが、なんとかその言葉を呑み込む。それは常々ミリアたちにも言われていることだ。

「ゆっくりしていってくれ」

ミホはガルドと桜子のグラスにワインを注ぐ。

「ありがとう。……いい香り……」

漂《ただよ》う香りのよさに驚く。このブドウ園のワインは、貴族の邸《やしき》に直接卸《おろ》すこともあると聞いたことがあった。さすが高級品だと、桜子は飲む前から感心する。

「これ、水で薄めてないの？　香りがすごく濃い」

「ブドウ農家が酒を薄めて飲むようになっちゃおしまいだろ」

ミホの言葉にそれもそうだと思いつつ、桜子は口に含んだ。鼻に抜ける香りに、ため息がもれる。

「すっごく美味しい……！」

「本当だな。こりゃ美味《うま》い」

横でガルドも、ワインの味にうなっていた。ワインは酸味も苦味も強くない。クセが少ないので、薄めていないのに喉の通りもよかった。

「こっちも食ってくれ」

（あれ……このレーズン……）

桜子は枝についたレーズンを一つ手に取って、しげしげと眺めた。そして、そっと口に運ぶ。途端、強い甘味が口の中に広がった。唾液腺のあたりが痛いくらいだ。

「美味しい！　こんな大粒で、甘みの濃い干しブドウ、初めて。すごく美味しい……！」

桜子は大きなレーズンを見つめて声を上げる。その様子を見てミホは不思議そうに尋ねた。

「東方じゃ、干しブドウは珍しいのか？」

「こ、これ、どこで買えるの⁉」

桜子はミホの問いには答えず、レーズンを持ったまま腰を浮かせた。

「どこってアンタ、ブドウ農家の家で出した干しブドウを、どこから買ってくるってんだ」

ミホは苦笑しながらも「うちで作ってる。一ヒューで八ランだ」と答えた。安くはないが、売り方によっては大きな利益になる。桜子はそう踏んだ。

この甘さを思い切り楽しめるものがいい。このレーズンで、スイーツを作りたい。

（レーズンを練り込んだパイがいい？　ううん。それより、チーズケーキだよね）

「これ販売してる？　小売は可能？　今在庫は？」

「参ったな」

また苦笑したミホは、自分もグラスを持ってきてワインを注いだ。

「詳しい数字のことは、改めて相談させてもらいたいの。うちの経理の者を連れてくるから、明日うかがってもいい？」

「来週、王都《そっち》にワインを卸《おろ》しに行くついでに寄らせてもらう。それでいいか？　話は在庫の確認をしてからだ」

「ありがとう。よろしくお願いします！」

桜子は、差し出されたミホのゴツゴツとした手をしっかりと握る。

「とんだ通り雨だ」

ミホが笑顔で窓の方を見るのにつられ、桜子も外を見る。空はもうすっかり明るくなっていた。


ブドウ園での雨宿りから、数日後。

その日、桜子はイートインスペースが面している公園で、北区の大工との打ち合わせをしていた。

今後は公園の一部もオープンカフェにして、席数を増やすつもりだ。

「ここに花壇を作りたいんです。木を植えて、木陰ができるような感じでお願いします」

見取り図を大工たちに見せながら説明をしていると、目の端に手を振るユナが入った。惣菜屋の美人姉妹の姉の方だ。後ろにゆるく一つにまとめたアンズ色の三つ編みが揺れている。

「マキタ様ー！　お客様ですよ！」

「わかった！　ちょっと待っててもらって！　あ、ブドウ酒、果汁割りの方でお願い！」

「はーい！　お出ししておきますね！」

桜子は打ち合わせを終えてから、大工たちに「よかったら、店で休んでいってください。ブドウ酒をお出ししますね」と勧めた。ワインを頼もうとしてカウンターの方を向き、視線に気づく。そこにいたのは、先日約束していたミホだった。

「いらっしゃい。待たせてごめんね」

「こっちこそ、悪かったな。店のブドウ酒出してもらって。これ、なにを混ぜたんだ？　ミカンの香りがするぞ」

そう言って、ミホは手にしていたグラスを顔に近づける。

「こっちのブドウ酒って酸っぱいから、ミカンの果汁を足して薄めてるの。評判いいよ」

「美味《うま》いもんだな」

ブドウ農家にほめられるなら大したものだ、と桜子はサングリアへの評価に気をよくした。先週発売して以来、売れ行きも好調だ。

新店舗を開店してから、イートインスペースはいつも人で溢《あふ》れている。金銭の受け渡しさえしなければ、注文を取った品物を運ぶのは禁忌ではないとブラキオの確認を取って以来、桜子は時間を見つけては積極的に手伝いに入っている。

「ハナちゃん。大工さんたちにブドウ酒お願い」

美人姉妹の妹ハナは、小麦色の髪を耳の両側で三つ編みにしている。姉と比べると顔はまだ幼さが残るものの、愛嬌のある娘だ。

「マキタ様。ごゆっくりどうぞ」

「どうぞ、ごゆっくりお話しになってくださいね」

「ユナちゃんも、ハナちゃんも、よしてよ。ただの仕事の話だから」

姉妹の含みのある言葉に、桜子は苦笑せざるを得なかった。

二十四歳は、この王都では初婚の適齢期をとうに過ぎている年齢だ。現在、桜子は市場の人たちを中心に、ずいぶんと心配されていた。この姉妹からも同様に、だ。

幸いミホは大工たちと話をしていて、姉妹と桜子のやりとりは聞いていなかったようだった。

王都の女性は、恋愛にオープンだ。十五歳を過ぎれば成人で、二十歳頃までには結婚するのが主流らしい。恋愛には積極的だし、女性の方が相手を選ぶという考えを持っている。

そんな感覚の人々なので、桜子が若い青年と縁があれば、完全なる善意で応援し始めるのだ。桜子の常識に照らせば、巫女に恋愛はご法度《はっと》ではないかと思うのだが、それを女官長のシイラに話したところ「あら、神話の女神様だって恋はなさいましたわ」と大いに寛容なことを言っていた。

シイラは一度、寿《ことぶき》退職した後、離婚して復職したベテランだ。アラフォーで、知的な印象の人だが、そこはお国柄なのか、恋愛事情にはオープンだった。

女官は結婚すると還俗《げんぞく》するが、だからといって在職中も恋人を持たないというわけではないようだ。ブラキオも妻帯して息子がいるのだから、問題はないのだろう。

「ミホ。悪いんだけど、神殿まで来てもらっていい？　うちの経理、忙しくて神殿からなかなか出られないの」

「あぁ。構わないぜ」

ごちそうさん、とミホがグラスをユナに手渡す。ユナはミホにも「ごゆっくりどうぞ」と言って必要以上の笑顔を見せていた。

「巫女さん口説いたってしょうがねぇだろ」

ミホは、ユナの意図を正確に理解した上で苦笑していた。

桜子は大工たちに挨拶《あいさつ》をして、ミホと共に神殿へ続く中央通りを歩く。

ユナとハナの態度についてフォローをしておこうかと桜子が思っていると、先にミホが口を開いた。

「アンタ、いくつだ？」

「二十四」

するとミホは桜子の顔を見た後、そのまま視線を胸のあたりにやってから、

「十六、七かと思った」

と実に失礼な感想を述べる。

「同い年か。それじゃ、風当たりも強ぇだろうな」

「年、同じなんだ」

「あぁ。オレは他に兄弟もいねぇから、そりゃ周りはうるさいもんだ。うちは親族そろってブドウ育てて酒を造ってるからな。跡継ぎはいずれ必要になる」

桜子には、継ぐべき家も家業もないのでわからないが、なかなかプレッシャーは重そうだ。

「私の故郷《くに》は、二十四で独身なんて普通だったの。だから、あんまりピンとこない」

「へぇ。東方は結婚が遅いのか」

王都の人々はあまり他国の事情には詳しくないという。桜子はここで自分が東方出身の代表のようなことを言うのも気が引けたので「私の故郷だけだと思う」と言葉を添えておいた。

「巫女さん――は名前、なんていうんだ？　さっき、店の娘さんに呼ばれてたよな。マキタっていうのか」

「槇田は家の名前なの」

「アンタ、貴族か？」

王国では、家名があるのは貴族だけだ。桜子は手を横に振って、違うと示した。

「私の故郷《くに》は、今は貴族とか庶民とかないんだよね」

「へぇ。東方にはそんな国があんのか。——で、アンタの名前は？」

この世界に来て、まともに名前を聞かれたのは初めてだった。この神殿に来た日に、桜子はすぐに『マキタ』になってしまった。『東方から来たエテルナの巫女・マキタ』——それが今の桜子だ。

「桜子」

ミホにそう答えると、桜子はなにやら不思議な気分になった。自分の名前なのに、まるで初めて耳にする言葉のような気がする。

「サクラコ？　男みてぇな名前だな」

性格を『男のようだ』、仕事ぶりを『男並み』と評されたことはあるが、名前だけは女性らしいと思っていたので、桜子は首を傾《かし》げた。

「こっちじゃ男名だ。最後の音の母音が『オ』だからな」

ブラキオ。ベキオ。ガルド。ミホ。タオ。桜子は身近な男性の名を思い浮かべた。たしかに皆、最後の音が『オ』だ。

「なるほど。じゃあ、女の子の名前は『ア』で終わるんだね」

ミリア。シイラ。エマ。アーサ。こちらも音がそろっている。

母親は、桜子が中学生の頃に再婚し、苗字が『大久保《おおくぼ》』から『槇田』に変わった。母親が再婚していなければ、桜子は『オオクボ』という男名を名乗っていたことになる。それなら苗字が名前だとは勘違いされなかったかもしれない。

（瀬尾くんも、ちょうど男名だったってことか……）

とてつもなく都合よくできている世界だとは思っていたが、名前にまでそんな都合のよさが及んでいたとは。さすがに気味が悪い。

「……桜って、意味。桜の花の、『サクラ』」

「あぁ、花のサクラか」

この国の人たちが本当は日本語を喋《しゃべ》っていないと気づいたのは、こちらに来てしばらく経ってからだった。それまで考える余裕がなかったのだが、最近瀬尾と話をしているうちに、お互いの見解が一致した。

桜子と瀬尾が日本語だと思っている言葉は、実は日本語ではない。ガシュアード王国で使われている言語を、桜子と瀬尾は『王国語』と勝手に呼んでいる。今、桜子が名乗った『桜子』というのは、王国語には存在しない単語なので、『サクラコ』という音だけがミホの耳に届く。だが桜の花という意味だと桜子が説明した途端、『サクラ』は王国語の『桜』としてミホの耳に届くのだ。つまり『自動翻訳機』のようなものがどこかにあって、そのフィルターを通して言語がお互いの脳に届いているようなことではないか、と桜子と瀬尾は結論づけている。

桜子の言葉は王国語に翻訳されてミホに届く。

ミホの言葉は、日本語に翻訳されて桜子に届く。

だから、『大袈裟《おおげさ》』も通じれば、『スネかじり』も通じる。語意がほぼ同じ言葉が、王国語にも存在しているのだろう。

問題は、そんなことが可能なのかということだ。

二十一世紀の翻訳技術でも、リアルタイムでこれほど正確にニュアンスをくみ取った翻訳ができるとは思えない。

だからといって、そんな特殊な能力が桜子と瀬尾の二人に、同時に授かったとは考えにくい。そもそも自分たちが王都にいることも、なにかの力が働かなければ起こらなかったことだ。

となると、あの『エテルナにしか見えない服装』は、それが最もその場に相応《ふさわ》しいという判断をした『誰か』の手によるものということになる。

もしそうだとすると、現代の日本よりも遥かに高度な文明が必要だ。少なくとも、電気もないこのガシュアード王国の人間には不可能だろう。

どうにも気味の悪い話だが、言葉が通じるおかげで、ずいぶんと助かっている。桜子はできるだけ深く考えないことにした。

ここは日本ではないし、日本に影響を受けた外国でもない。『日本人作家の書いたファンタジー小説の中にいる』と考えるのが、恐ろしいことに一番楽で、自然なことのように思えた。

「しかし花の名前で、男名なのか？　変わってるな」

「桜の花の名前は、『サクラ』だよ。母が私の名前をサクラってつけようとしたんだけど、苗字の音に合わせてサクラコってつけたの。母は私のこと『サクラ』って呼んでた」

「『サクラ』――か」

ドクン、と自分の心臓の音が聞こえた気がした。

桜。

ただ名前を呼ばれただけだというのに、桜子は不覚にも動揺した。

もう一度、その名で呼ばれたら、泣き出してしまいそうだ。桜子はそれまでゆっくりと運んでいた足を少し早めて、ミホよりも数段分、先に階段を上った。

「お帰りなさいませ」

こちらに気づいて階段の上で待っていた女官のエマが、桜子たちを出迎える。

エマは、神殿の財政が苦しかった頃にリストラされ、ふわふわパンが売れ始めた頃に戻ってきた、キャラメル色の髪の十八歳だ。

挨拶《あいさつ》をするエマの表情も意味深だった。それを見たミホは苦笑して「気持ちはわかるぜ」と言う。異性との仲を期待されてせっつかれるということを、普段から経験しているのだろう。

事務所で、瀬尾を交えて取引の話を進める。瀬尾は、大國デパートでのレジェンドぶりはどこへやら、スムーズに数字の話を進めてまとめた。やはり瀬尾はネコよりも有益な存在だった。タダ飯を食べているだけだと思っていたが、ブラキオやベキオに字を習い、桜子よりもずっとスムーズに読み書きができるようになっていた。

「それじゃあ、これからよろしくお願いします」

改めてミホと握手を交わす。これで、ミホの作ったレーズンを食べた瞬間に閃《ひらめ》いたチーズケーキを作ることができる。桜子の胸は躍った。

「わざわざ神殿まで来てくれてありがとう。助かった」

「ついでだ。北東区で親戚が酒屋をやっていて、そこにいつも卸《おろ》しに行ってるからな」

さて、と言いながらミホは腰を上げた。

「巫女様ご自慢のパンを、話のタネに食って帰るか。昼飯がまだなんだ」

昼食というには少し遅い時間だ。ミホには月の光亭で、待たせた上に、神殿まで足を運んでもらっている。桜子は「神殿《ここ》で食べていってよ」と誘った。

「ちょうどよかった。取引先の皆さんには、いつも商品を食べてもらってるの。こっちがちゃんとしたもの作ってるって、安心してもらいたいし、自分の作ったものがどんな風に使われてるか、お知らせしたいと思って。別にお土産も用意してあるから帰りに渡すね」

そう言って、桜子はミホを中庭に案内した。今日は暑すぎず、雨の気配も遠く、心地のいい風が吹いている。ゆっくり昼食を楽しむにはいい日和だ。

神殿の祭殿前にある泉から水を引かれている池がキラキラとまぶしく輝いていた。シイラが二人分のワインとおいしいパンを運んできてくれたので、桜子も一緒に遅い昼食を摂ることにした。

「美味《うま》い」

パンを頬張るミホのシンプルな感想に、桜子は口元を綻ばせた。

「サクラもいろいろ大変だな。結構違ってんだろ？　サクラの故郷《くに》と、王国《ここ》は」

「……うん。そうだね。すごく違ってる」

「オレは生まれも育ちもあのブドウ園だが、なんとなくわかる。オレのじいさん、移民だったんだ。ひいじいさんがまだ若い頃に、じいさんを連れて西方から渡ってきたらしい」

桜子はミホの顔を見て、納得した。初めて会った時、顔立ちがエキゾチックだと思ったのは、東区の人たちとも印象が違ったからだ。王都ではあまり見ない赤みがかった髪や瑪瑙《めのう》色の瞳は、西方の人の特徴なのかもしれない。

「死ぬまで故郷の話をしてた。酒に酔うと、故郷の歌を歌ってた。死ぬ前のうわごとは、何十年も使ってなかったクセに、全部向こうの言葉でな。誰も聞き取れなかった。遺品も、誰も読めねぇ故郷にあてた手紙で……じいさんは、きっと魂だけ故郷に帰ったんだろうなって、皆で話したもんだ」

死んだら――

桜子は、自分がこの国で不慮の死を遂げる瞬間のことを思った。もしここで死んでも、魂だけは日本に帰ることができるんだろうか――と。

「……帰れたかな。おじいさん」

「ああ。帰ったさ」

そうだといい。魂だけでも、帰れたらいい。

桜子は日本人だ。槙田早苗《さなえ》の娘だ。槙田康平《こうへい》の義娘《むすめ》だ。旭川で生まれ、東京で働いていたＯＬだ。他の何者にもなれはしない。帰る場所は日本で、母のいる家。他にはない。

不意に、心の奥底に沈めていたはずの感情が湧き上がってきた。

ポタッ。

自分の掌《てのひら》の上で弾けた涙を見た桜子は、慌てて頬をぬぐう。

いくら年が同じで話が合ったからといっても、ミホはまだ会って二度目の人だ。そんな付き合いの浅い相手の前でいきなり泣き出してしまったことに、桜子自身がひどく驚いた。

「ごめん……！」

桜子はその場を離れようと腰を浮かせた。その瞬間腕をつかまれ、グイと引かれた。

「なんで謝んだよ」

ミホがハンカチを取り出し、桜子の頬を無造作にぬぐう。

「オレが悪かった。あれだろ？　巫女さんだから、帰りたいって言えねぇんだろ？　故郷《くに》を思い出させるようなこと言って悪かった」

桜子は渡されたハンカチに顔を埋《うず》めて、首を大きく横に振った。

「……もう大丈夫」

「大丈夫じゃねぇだろ」

「ほんとに、大丈夫だから」

桜子は顔を覆ったまま、早口に言う。

「大丈夫じゃねぇのに大丈夫だとか言うな。オレは女じゃねぇから、口先だけのこと言われればそのまま信じちまう」

ポン、とミホの大きな手が桜子の頭に置かれる。

「無理すんな。……その手布、持っとけ。また来る」

ミホの気配が遠くなり、やがて鳥の鳴く声の他に音がしなくなった。

一人になったとわかると、桜子は顔を隠したまま中庭のベンチに横になった。人前でいきなり泣き出すとは、相当メンタルが弱っているようだ。

学生時代の恋人にさえ、こんなところは見せたことがない。瀬尾の教育に頭を悩ませていた時でさえ、友人に優しい言葉をかけられても涙など見せたことはなかった。

(悪いことしちゃった)

わざわざ取引のために神殿まで来てもらったのに、見送りできなかった。

だが、故郷《くに》を思って泣いているところを、どうしても神殿の人たちには見せたくなかったのだ。

(向こうはまた来るって言ってたけど……今度、近く通った時に返しにいこう)

顔をハンカチから離す。ハンカチはブドウの皮の色が染みたものなのか、綺麗な紫色をしていた。


ミホとの契約が成立してから、数日経ったある日のことだった。

午後になって、桜子と瀬尾は月の光亭に呼ばれた。モリモトスーパーに『切られた』という農家の夫婦が、大量の野菜を買い取ってほしい、と頼み込みに来たのだ。

「ご機嫌ですね」

「そりゃね。嬉しいよ。しばらく仕入れに悩まなくていいんだし」

商談がうまくまとまり、大口の仕入れ先が確保できたことで、桜子は上機嫌で帰路についていた。

「しっかし、よくあの人たちの長い愚痴《ぐち》につき合いましたよね。槙田さん」

「しょうがないよ。聞いた限りじゃ、モリモトスーパーとの契約、かなり厳しかったもの」

農家の夫婦の『私たちはモリモト様の奴隷じゃないんですよ！』という叫びを思い出す。

「結構あちこちに敵作ってるよね。話の感じじゃ、かなり強引みたいだし。でもおかげで——」

桜子はふっと足を止め、市場の方を振り返った。

（あ、また……）

視線を感じる。瀬尾も足を止めた。

「どうしたんですか？　槙田さん」

特に人の気配に敏《さと》いわけでもない桜子が気づくのだから、相当あからさまな視線なのではないかと思う。

「なんか最近、誰かに見られてる気がする」

桜子が言うと、瀬尾は「気のせいじゃないですか」とさらっと流し、神殿の階段に足をかけた。

「金もない、戸籍もない、流れ者の俺たちを襲ったって、しょうがないじゃないですか」

戸籍がないのは、桜子たちが神職だからだ。神職の者には戸籍がないらしい。まったくもって都合のいい話ではあるが、たまたま神殿に飛んできて巫女扱いされたおかげで、戸籍がなくとも不自由なく暮らすことができている。

「もしかしたら、産業スパイみたいなものかもしれないじゃない」

「そもそもこっちはなにも隠してないですし」

「そうだけど……」

だが、たしかに視線を感じるのだ。

「槇田さんをストーキングする物好きなんていないから大丈夫ですよ。なにかあったらガルドさんに一刀両断してもらいましょう」

瀬尾はさもどうでもよさそうに言うと、奥宮の方に消えていった。

(気のせいだとは思えないんだけどな)

若干不安に思いながらも、桜子は迎えに出てきたエマに一言断ってから、新商品のアイディアを練るべく中庭に出た。

キラキラと輝く川と池の水面が綺麗だ。構想を練る時は、よくこの東屋《あずまや》のベンチを使う。

鳥の声と水の音を聞いていると、そのうち眠気に襲われた。

「ふぁ……」

大きなあくびが出た。最近、新商品の開発に熱を入れすぎて、夜が遅くなりがちになっている。

桜子は眠気に抗《あらが》えず、頭を手すりに預けた。

少しの間、ウトウトしていたらしい。涼しい風を頬に感じて、ふっと目を覚ました。

そして目を開いて――

「……ッ‼」

叫ぼうとした桜子の口は、何者かの大きな手で覆われた。

若い男が、目の前にいる。

（な、な……なに⁉　強盗⁉）

帰りたい。死んだら魂だけでも日本へ——たしかに桜子はそんなことを考えていた。だが、実際に死を望んだつもりは毛頭ない。

「お許しを。美しい人」

燃えるように赤い髪がゆるく結われ、日の光を背負って美しく輝いている。桜子の黒い髪も王都では目立つが、こちらの方がよほど目立つ。ウェーブがかった赤い髪と碧色《みどり》の瞳を持つ青年は、童話の王子様のように美しい姿をしていた。だが生き死にが懸かった局面で、自分を殺すかもしれない男の顔面偏差値など気にはしていられない。

（こ、殺される……！）

「貴女様のお姿を日々追ううちに、知らずに深く熱く、この心を囚われておりました。麗《うるわ》しきエテルナの巫女様」

死の間際には、走馬灯のように思い出が過《よぎ》る——と言うが、まさにその通りで、母の顔や義父の顔、祖父母の顔、友人の顔が桜子の頭に浮かんでは消える。

「ご無礼は、どうぞお許しを。貴女様に焦《こ》がれ、せめて一度そば近くでと望むあまり……この蛮勇、貴女様を心からお慕いすればこそ。何卒、お許しください」

（……ん？）

耳をすり抜けていく、柔らかな声音が意味する言葉を、ようやく桜子は理解した。

どうやらこの赤髪の男は、桜子に『会いたかった』と言っているようだ。

(強盗……じゃない?)

男の発していた言葉を反芻《はんすう》してみれば、こちらを害そうとするようなものではなかった気がする。

桜子は、大声は出さないから外してほしいと示すため、覆われた手を指でさしてから、首を少し横に振った。

「これは失礼」

パッと手が離れる。

「ど、どちら様ですか」

「申し遅れました。私はウルラドと申します。マキタ様。ウルラド・ベルースト・ソワル。貴女様の僕《しもべ》でございます」

「……なにか、ご用ですか? 面会でしたら事務所を通していただいて——」

「貴女様の花の顔《かんばせ》に誘われ、こちらに参りましただけのこと。……安らうそのご様子を間近で見ることができ、真の美とはかくも人の心を揺さぶるものかと、感激に打ち震えておりました」

なにかおかしい。仕事の話でもなく、顔を見に来ただけだというのは、どういうことだろうか。

「えっと、誰の案内でいらしたんですか」

いかに色事にオープンな女官たちでも、桜子が寝ている場所に初対面の男を通すとは思えない。

誰の案内を受けたのか、と確認しようとした桜子の問いに、ウルラドは笑顔でこう答えた。

「そちらの生垣《いけがき》を越えて参りました。いつも遠くからマキタ様のお姿を見守って参りましたので、神殿の構造も抜け道も、しっかり把握しております」

それは不法侵入だ。

この男は、最近ずっと感じ続けていた視線の主《ぬし》に違いない。つまり――ストーカーだ。

「で、出ていってーーーッ!!」

桜子は力の限りに叫んだ。

すると、すぐに事務所から人が飛び出してきた。だが彼らが桜子のもとにたどり着いた時には、ウルラドの姿は風のように消えていた。

赤い髪と碧《みどり》の目をした、王子様みたいな若い男でした。ウルラドって名乗ってました。貴族です――と桜子が神殿の人たちに事情を説明すると、瀬尾を除いた全員が、不味《まず》いものを食べたような表情で顔を見合わせた。

そこにガルドが駆けつけてきた。今日はガルドの仕事が休みになる三ノ曜《さんのよう》だ。運よく南区にいたところを、誰かが知らせに行ったらしい。

「で、どこのどいつだ。神殿に不法侵入しやがった大バカ野郎は」

ベキオが、ガルドに簡単に経緯を説明した。

「……あ？　そりゃウルラド様のことじゃねぇのか？　宰相様の息子の」

ガルドの言葉に、あちこちから声が上がる。

「そういえば何度か休日にウルラド様らしき赤い影をお見かけしました」

「私は市場のあたりで……」

「このところ、毎週ウルラド様は神殿に参拝をされておいでです。神殿の中を探るように……」

桜子が感じていたあの視線は、やはり勘違いではなかったらしい。

一方、女官たちの反応は、実に呑気なものだった。

「まぁまぁ、さすが巫女様。巫女様ほどのお方になると、お相手もやはり貴公子ですのね」

「素敵ですわぁ。未来の宰相夫人なんて！　それも当代一の剣士様！」

シイラやエマの言い分に、桜子は慌てた。

「ちょ、ちょっと、私って巫女さんなんだし、そういう不純異性交遊はご法度《はっと》だったりしないんですか？　エテルナ様って、常処女《とこおとめ》なんですよね？」

「神話の女神様とて、恋はなさいましたわ。夫をお持ちだったという説もございますし」

「そうですとも。ですから問題ございません。宰相夫人ともなりますと、還俗《げんぞく》のしがいもございますわ」

ふふふ、ほほほほ、と二人は華やかに笑う。

桜子とて、ＯＬ時代に自分の上司がどこぞの御曹司に見初《みそ》められたと聞けば、同僚とバックヤードではしゃいで話題にしただろう。だが――

（冗談じゃない！）

御曹司といっても、財産が日本円でないのなら意味がない。安定した地位があろうと、日本国内で通用しなければ価値がない。

（……なにが目的？）

まさか本気で自分にストーカー行為をしたり、美しさを称《たた》えに来たということはないだろう。積極的にブスですと宣言するほどではないが、絶世の美女ではないことは自信を持って言い切れる。多少日本人としては彫りの深い顔立ちはしていても、この国の人と比べれば、ごくあっさりした日本人顔をしている。それに、わざわざ申告したくはないが胸もない。

なにか目的があって、南区を偵察にでも来たのだろうか――桜子は嫌な予感を覚えた。

「あらあら、恐ろしいお顔をなさって」

「思われ人のお顔ではございませんわ」

二人の女官は桜子の渋面《じゅうめん》にひとしきり笑った後、態度を改め真面目な顔で言う。

「ともかく、巫女様をお守りするのは私どもの使命でございます」

「ですから、逢引なさる時はこっそり教えてくださいませね。上手く取り計らいますわ」

と、最後に余計なひと言をつけ加えて、笑顔で去って行った。

神殿で聞いた話をまとめると――ウルラドという人物は、宰相の息子で、留学経験のある秀才で、今年の正月に最年少の元老院議員となった。それだけでなく、剣の道にも優れており、貴族の中では随一の腕だという。更に見た目も美しい。褒め称《たた》えるところしか見当たらないハイスペックさだ。あの『青鷹団』の団長として王都の人々からも慕われているという。

だが、翌日、ウルラドから贈られた大きなバラの花束を見ても、桜子は喜ぶ気にはなれなかった。

「意味わかんない」

自分のなにがあの貴公子の心の琴線に触れたのか、見当がつかない。とはいえ、自分で言う分にはいいが、瀬尾に「わかりませんね。なにがいいんでしょう」と真顔で言われるのは癪《しやく》に障った。

花束には羊皮紙《ようひし》で書かれた手紙も添えられていた。が、桜子には読めなかった。『マキタ』の綴《つづ》りくらいは読めるのだが、全文を理解できるレベルまでには至っていない。それに彼は貴族なので、桜子が報告書などで日常的に目にする語彙《ごい》とは違っていそうだ。

大事なことが書かれていても困るので、身近で一番教養のありそうな人物のところに、手紙を持って行った。

「ブラキオさん、すみません。この手紙、代わりに読んでもらっていいですか？」

その手紙を受け取り一読したブラキオは、眉間に峡谷《きようこく》のように深いシワを寄せた。

「あー……あの、大した内容じゃなければいいんです」

「一字一句たりとお耳に入れる必要はございません！」

ブラキオの態度から察するに、手紙の内容はストーキングを格調高く認《したた》めたものなのだろう。

「軟派な！」とブラキオが大きな声で嘆く。軟派と言うなら、このバラの花束も軟派なことこの上ない。

「どうしよう、このお花」

両手で抱えるほどの大きな花束を持て余していると、ミリアが目を輝かせてやって来た。

「綺麗なバラでございますね……！」

「月の光亭の卓の上に飾ったらどうかな。華やかな感じになるし」

月の光亭では、ミホから買ったレーズンを使ったベイクドチーズケーキの販売を予定している。

今後女性客がますます増えるだろうから、イートインコーナーは華やかにしておきたい。

「はい。ではそのように」

ミリアはこれから、朝に作ったチーズケーキの試食品を月の光亭に持っていくことになっている。

桜子は、花束をそのままミリアに託した。

「でも、せっかくの贈り物ですし、マキタ様のお部屋にもいくつか飾っておきますわ。シイラさんに頼んでみます」

そう言ってミリアは笑顔で事務所を出ていき――パタパタと足音を立ててすぐに戻ってきた。

「マ、マキタ様、お客様です……！」

慌てた様子のミリアは、一度呼吸を整えてから言う。

「……グレン神殿の、モリモト様が――」

「失礼」

ミリアの言葉を遮《さえぎ》るように、人影がスッと事務所のドアの前に現れた。

「はじめまして、モリモトです」

細身の長身。彫りの深い顔立ち。ぎょろりとした目。太い眉に鷲鼻《わしばな》。そして、神殿関係者らしいローマ風の服装。一見して、人種が判断しづらい容姿の男だ。

それでも、桜子にはすぐわかった。

――日本人だ、と。

「木が三つの『森』に、本屋の『本』で、森本です」

日本人だ。漢字で書く名字と名前を持つ、日本人。森本という男に関するいろいろな噂は耳にはしていたが、目の前に『日本人』がいる、という感動によって桜子の頭からそれらが吹き飛んだ。どうやってこの世界に来たんですか？　帰る方法はあるんですか？　いきなり踏み込んだ話をしそうになるのをぐっと堪《こら》える。

「はじめまして！　私、槇田です。槇田、桜子。木へんの『槇』に田んぼの『田』と書きます」

興奮で頬に熱が集まる桜子の声が、知らず大きくなる。

「あぁ、槇田投手と同じですか。今も地元の球団で？」

「いえ、二年くらい前に、メジャーに行ったんです」

日本で『槇田』といえば、誰もが真っ先に思い浮かべるのは野球選手の『槇田投手』だろう。甲子園でチームを優勝に導き、鳴り物入りでプロ球団入りした国民的なアスリートだ。苗字の漢字を聞かれると桜子はいつも「野球の槇田選手と同じ字」だと答えていた。

「どうぞこちらへ」

森本を応接室へ案内しようと近づいた桜子は、森本の後ろに何人かの男がいることに気がついた。先日グレン神殿で門番をしていた男とは違う顔だが、東区に多い顔立ちの男たちだ。その強面《こわもて》と屈強な体格に、思わず身体が竦《すく》む。

「なにかと物騒でね。ボディガードだ。気にしないでくれ」

厨房《ちゅうぼう》へ向かおうとしていたミリアが不安げな表情を見せるが、桜子は大丈夫だと目配せをして、パタパタと走る彼女の背中を見送る。

応接室に入り席を勧めると、森本は長椅子にゆったりと腰を下ろした。そうした動作の一つ一つを見て、桜子は彼は日本で社会的地位がそれなりに高かった人なのではないかと考えた。

しばらくして瀬尾が応接室に入ってくる。

「私と一緒にこちらに来た、瀬尾です。瀬戸内海の瀬に、尻尾の尾で、瀬尾です」

「はじめまして。瀬尾一蔵です」

瀬尾が会釈《えしゃく》をすると、森本は座ったままで軽く会釈を返した。

「失礼致します」

ミリアがワインとケーキの載ったトレイを持って応接室に入って来る。桜子は森本にケーキを勧めた。

「あの、よろしければどうぞ。チーズケーキです」

桜子が勧めた皿を見て、森本は片眉だけを上げた。

「こうした菓子の類《たぐい》は懐かしい。日本を思い出す。……ご活躍のようですね」

「いえ、そんな……頑張っているのは市場の皆さんで、私なんてなにも……」

活躍、と言うならばよほど森本の方が活躍している。桜子のコメントは謙遜《けんそん》などではなかったのだが――

「あまり調子に乗らないことだな」

(え……?)

聞き違いか、と桜子は思った。初対面の人からそんな言葉を投げつけられるとは、考えもしていなかったからだ。

森本の大きな目が鋭く桜子を見て、スッと細められた。

「お店屋さんごっこも結構だが、猿真似は程々にしてくれ。目障りだ。神殿に現れた商才のある日本人なんてものにそうそう出てこられては迷惑千万。私の邪魔をするというのであれば、こちらもそれなりの対応を取る。痛い目にあいたくなければ、目立たず、静かにおとなしくしていろ。ただの脅《おど》しだと思うなよ」

続々とぶつけられる悪意に、桜子は面食らった。

いくら悪い噂を聞いているとはいえ、『日本人』だ。日本人というのは、穏やかで勤勉で真面目で、仲間同士助け合う美徳を持つ、世界に誇る国民性を有していたのではなかっただろうか。

「あの……」

桜子が戸惑いのまま声をかけた時には、もう森本は立ち上がっていた。控えていた護衛の男たちも、ドアの方に向かう。

「ま、待ってください！」

まだなにも聞けていない。慌てて引き止めた桜子に、森本は無表情で一瞥《いちべつ》をくれた。

「悪いが君たちほど暇じゃない」

そう切り捨て、森本はドアへ向かう。そして、驚きすぎてドアのところで固まっていたミリアに「ケーキを包んでもらえるか。妻に食べさせてやりたい」と言い、部屋を出ていったのだった。

嵐が過ぎ去った後のように、桜子も瀬尾も呆然としていた。

「ど、どういうこと……？」

森本の今の言動と比べれば、瀬尾が倉庫でスマホゲームに興じることの方が理解できる。仕事をサボる、という明確な動機があるからだ。

「ええと、森本さんは私たちにどうしろって言ってるの？」

「飢え死にしない程度に呼吸《いき》していろってことじゃないですか」

桜子は、森本を引き止めようとして中途半端に浮かせていた腰を長椅子に下ろした。

「私たちのパン作りが、森本さんの立場を脅《おびや》かすって思われるのかな」

「多分、そういうことだと思いますけど……」

いきなりの恫喝《どうかつ》に萎縮《いしゅく》して、まだ頭がまともに働かない。

そのショックから多少時間が経って、桜子は改めて森本の言葉を反芻《はんすう》した。だんだん理不尽さに腹が立ってくる。自分たちはごくまっとうな商売しかしていない。

「目立たずおとなしくしてろって……今だって十分おとなしいよね？　収支ギリギリだよ？　なにがいけないの？」

「わかりませんよ。そんなの」

神殿は、今月になってやっと参拝者の通る階段を修繕することができ、孤児院や養生院にも決まった額の寄付ができるようになった。

それでもまだ、夕食のスープの具が豆だけの日もある。ブラキオは儀式用以外の服はつぎを当てて使っている。女官への給金も、以前の額には達していないし、ガルドへの謝礼も決して十分ではない。パン屋も惣菜屋も、決して裕福な暮らしをしているわけではないのだ。

「そもそもの発端は、森本さんが他の地区のお客さんを奪ったりするから、南区が危なくなったんじゃない。こっちはなにも暴利を貪《むさぼ》っているわけでもないし、それこそ猿真似してスーパー始めたわけでもないのに、あんな言い方するなんて……私たちに死ねって言ってるわけ？」

「とりあえず落ち着いてくださいよ。……血の気多いな、ほんと」

「だって……！」

桜子は憤懣《ふんまん》やるかたない、とばかりに握りしめた拳《こぶし》を振った。

「とにかく、向こうが本気出したら、俺たちなんて簡単に消されます。対抗するならそれくらいの覚悟はしといた方がいいと思いますよ」

桜子は、どうしてもこの国でだけは死にたくない。

だが、森本の訪問をどう理解し、あの脅《おど》しにどう対処してよいか見当がつかない。

桜子と瀬尾は首を傾《かし》げたまま、仕事に戻るしかなかった。

夕食の後、桜子は女宮の私室には戻らず、事務所で頭を抱えていた。

おとなしくしていろ。――と森本は言った。妨害を受ける可能性がある中、このまま市場の工事の計画を進めてよいものか。森本と正面から対峙《たいじ》することは避けたいが、かといって、歩みを止めたくはない。

「マキタ様。よろしければブドウ酒をお持ちしましょうか」

ミリアの申し出に甘えて、ワインをもらった。こんな日はアルコールが欲しくなる。

(どうしたらいいんだろう……)

帳簿の数字を眺めても、どれも頭の中をすべっていく。しばらくして——

「うわっ、まだいたんですか」

そう言いながら、瀬尾が入ってきた。無人だと思っていた事務所に、人がいたことに驚いたらしい。

「なにかあった？　忘れ物？」

「灯り、消し忘れたのかと思っただけです。じゃあ」

出ていく瀬尾の背に「おやすみ」と挨拶《あいさつ》をして、桜子は再びグラスにワインを注いだ。

(これから、ずっと森本さんの顔色をうかがっていかなきゃいけないのかな)

そんなことを考えていると——

「うわっ」

今度は桜子が声を上げた。いつの間にか、瀬尾が桜子の横にいたのだ。彼は手にグラスを持っている。厨房《ちゅうぼう》に取りに行ったのだろう。

「いいですか」

「……どうぞ」

桜子は瀬尾のグラスに壺のワインを注いだ。瀬尾は「どうも」と言って受け取り、自分の席に座った。事務所にいくつか机はあるが、桜子と瀬尾の机は一メートル程離れたところにある。

「——半年くらい、経ちましたよね」

そう瀬尾が切り出したので、桜子は「そうだね」と相槌《あいづち》を打った。

「いまだに……ユリオ王の建てたガシュアード王国にいるとか……信じられないです」

ユリオ王。ユリオ。その言葉を聞くたびに、桜子の頭の中で遠い記憶が揺さぶられる。

桜子はムズムズとする眉間のあたりをさすりながら、かねてから気にかかっていたことを瀬尾に尋ねた。

「その『建国記』、知ってたら得する話だったりしないの？　ほら、よくあるじゃない。物語の中に入っちゃったら未来がわかって、有利に話が進むとか、そういうの」

「出版されたの、ユリオ王の建国直後までですよ。俺は建国直前までしか読んでません。孫の代のことまではわかりませんよ」

「そこまで都合はよくないか」

桜子はそう言って背もたれに寄りかかり天井を仰いだ。

ふと——桜子の意識の奥底から、なにかがぽこりと浮かんできた。

——あれが、桜のお父さん——

水面で気泡が爆《は》ぜるように、母親の声が突然頭の中に蘇《よみがえ》る。

「あ……！」

桜子は、持っていたグラスを置いて瀬尾を見た。

「私、その本知ってる」

桜子の母親の本棚には、建築関係の専門書ばかりが並んでいた。他といえば料理のレシピ本が数冊ある程度だ。その中に一冊だけ、毛色の違う文庫本が紛《まぎ》れ込んでいた。タイトルは――

「『ユリオ王の冒険』……」

そのタイトルを口にした途端、瀬尾は呆れたように言った。

「なんだ、知ってるじゃないですか。それ、『ガシュアード王国建国記』の初版本の時のタイトルです」

「え……」

「ファンの間じゃ有名な話ですよ。『ユリオ王の冒険』。間違いないです」

桜子は、頭を鈍器で殴られたような衝撃に襲われた。そして、同時に眠っていた記憶が頭に浮かぶ。――扉絵に描かれた、七つの丘のある城塞都市が。

本を手に取ったのが子供の頃だったせいか、絵のイメージは出てくるものの、内容は浮かんでこない。だが、あの絵はたしかにこの王都によく似ていた。

ドクドクと心臓が大きく鳴っている。

――あれが、桜のお父さん――

「母が『お父さんの本だ』って……」

「親が『建国記』を持ってたんですか？」

「そうじゃなくて。……重い話で悪いけど、私、実の父親を知らないの。母はシングルマザーだった。……だから、その本を書いたのが実の父親なんだって思ってた」

「は⁉」

瀬尾は素《す》っ頓狂《とんきょう》な声を出して、異星人でも見るような目で桜子を見た。

――子供心にも、父親の話題がタブーだということは察していた。

あの時も、母親は進んで桜子に「父親の本だ」と言ったわけではなかった。桜子はきっと、その時父親の存在を尋ねたのではないかと思う。記憶はおぼろげだが、問うてはいけないことを聞いてしまった、と感じたことだけは印象に残っている。

「ほんとかどうかはわかんない。母が再婚して引っ越した時には、本がなくなってたし」

桜子はその『ユリオ王の冒険』の作者が誰なのか調べてはいない。調べる手段はいくらでもあったはずなのに、そうしなかった。母親が、桜子が知ることを望んでいないと思っていたからだ。桜子の母親は槇田早苗で、父親は槇田康平。桜子の日常にそれ以上の情報は必要なかった。

「マジかよ」

家庭のことを瀬尾に話したことで、桜子は強い罪悪感を覚えた。アルコールが欲しくなって、ワインの壺を手にする。桜子は、瀬尾にも一応「飲む?」と尋ねた。「まだいいです」と瀬尾は手を顔の前で振るが、まだもなにも、一度しか瀬尾はグラスに口をつけていない。

だが突っ込むことはせず、桜子は自分で新たに注いだワインを飲んで、気持ちを落ち着けようとする。だが、瀬尾の発言によってそれも叶わなかった。

「俺……会ったことあるんですよね」

「会ったことあるって……まさか……」

「——森久太郎《もりきゅうたろう》。『ユリオ王の冒険』……『ガシュアード王国建国記』の作者にです」

「え？　ちょっと待って。それ……え？　それ、どういうこと？　知り合い？」

慌てる桜子に、瀬尾は珍しく少し躊躇《ためら》う様子を見せる。

「聞いてもらっていいですか。ちょっと長くなるんですけど」

そう前置きをして、瀬尾はおもむろに話し始めた。

「俺、絵を描くのが趣味だったんです」

桜子は瀬尾の履歴書を見たことがある。関東の公立大を出ていることは知っているが、趣味の欄になにが書かれていたかまでは覚えていない。

「食べていけるほどじゃないですけど、多少の収入はありました」

「……瀬尾くんって、イラストレーターだったの？」

「まぁ、はい。親に反対されたんで美大も専門学校も行きそびれましたけど、学生時代は家でずっと絵ばっかり描いてました」

上司から、瀬尾は『引きこもり歴五年』だと聞いていた。在宅で仕事をしていたならば、引きこもりとは呼ばないのではないだろうか。

「全然知らなかった」

「言う気なかったですから。家でデータのやり取りしてるだけなんで、親の目には引きこもりに見えたと思いますし。……それはまぁ、いいんです。仕事っていっても食っていけるほどじゃなかったですし。で、学生の頃に、ＳＦ系のイラストコンペに作品を出したことがあったんです。俺の作品は最終選考にも残らなかったんですけど、その時審査員だった森久太郎――森先生に、コンペからしばらくして出版社に呼ばれたんです」

「すごい！　それ、すごいじゃない。瀬尾くん！」

小五の写生会の銀賞が人生最高評価の桜子には、想像もつかないレベルだ。

「すごい話だったんですよ。ほんとにとんでもない話だったんです。俺、まだ学生でしたし。出版社で森先生と直接お会いして、『是非、挿絵を頼みたい』って言われて、舞い上がりました。人生が変わるくらいの……一大事だったんです」

飲みもしないのに両手で持っていたグラスを机に置き、瀬尾は猫背を更に丸くした。

「ちょうど、あと二巻分で今書いているイラストレーターが病気で降板することに決まって、新しいイラストレーターを探してるって話でした。受けました。即決です。その場で握手して、よろしくお願いしますって」

当時の感触を思い出すように、瀬尾は自分の手を見ていた。

「それから俺の家に、『ガシュアード王国建国記』が全巻届いたんです。それを読んでおいてほしいってことで。でも、読んだのは――途中までです。九十巻くらいまでは、夢中で読みました」

「なんで――」

なんで、そんなに夢中で読んでいたのに途中で止めてしまったの？　と聞こうとして桜子はハッとした。瀬尾の話ぶりから、瀬尾サイドの事情ではないということに気づいたのだ。

たしか瀬尾は、『建国記』の作者がすでに故人である、と言っていなかったろうか。

「死んだんですよ。森先生が」

瀬尾は「すみません」と小さく早口でつけ足した。桜子に気を遣ったのだろう。

実の父親はもう死んでいる、と桜子はずっと思っていた。そのせいか、あの本の作者がすでにこの世にいないと知っても、それほど大きく心は揺さぶられなかった。

「ううん。大丈夫。続けてもらっていい？」

「死んだっていっても、なんか曖昧《あいまい》な話で、葬式もあったんだかなかったんだかわかんないままでした。ネットのニュース見て出版社に電話したら、本当だって言われて——当然、挿絵の話は消滅したんですけど、なんかこう……自分の中にできていた世界を描かずにはいられなくなって、一年くらい家にこもって絵ばかり描いてました。ひたすら『建国記』の絵を、何枚も何枚も……」

瀬尾の話は続いた。大学は一年休学して翌年卒業したそうだ。その時にはイラストの仕事を再開し、実家で暮らしていた。だがやがてその暮らしに、変化が訪れた。

「俺の母親、小一くらいの頃に死んでるんですよね。で、親父は、俺が大学入った頃に再婚したんですけど、その義理の母親がやたら若くて、アラサーくらいだったんです。それで、俺が卒業してちょっと経った時、妊娠したんですよ。その人、俺のこと完全に引きこもりだと思ってるし、すげぇ気をつかってくるし、そういうの妊婦にはよくないじゃないですか。まぁ、俺の存在も、生まれてくる子の教育上よくないって話になって、親父は俺を家から追い出したわけです。自分が愛人と一緒に使ってたマンションをやるって言って」

「……複雑だね。ごめん。コメントしにくい」

「別にしなくていいですよ。……で、親父は俺を社会復帰させるべく、大國デパートに送り込んだんです」

そこで――桜子と瀬尾は出会ったのだ。

「それまで親父は後を継ぐなんて話、一切してなかったんですよ。ただ、俺が一年こもりきりで絵を描きまくってたのをきっかけに、強硬策に出たっていうか……そんだけ根性あるなら、きっちり社会復帰して会社を継げって。……要するに、森久太郎と出会ってなかったら、俺は大國デパートには勤めてませんでした」

二人は大國デパートで出会い、そしてあの運命の日を迎えた。

『森久太郎直々《じきじき》に挿絵を頼まれたイラストレーター』と、『森久太郎の実子かもしれないＯＬ』が。

それは、『使えない年上の部下』と、『その教育に猛烈なストレスを感じていた教育係』という組み合わせよりも、よほど必然性があるように思える。

桜子は、動揺する心をなんとか落ち着けようとして、またグラスにワインを注いだ。

「――気持ち悪い話だよね」

「ですね」

いつまでも寒気が引かず、桜子は二の腕をさすった。その動作の途中で、ふとあることを思い出す。

（生えてきてない）

脱毛コースの途中だったにもかかわらず、こちらに来てから毛がまったく生えてきていない。

――こんな状況に必然性など感じたくないというのに、なにもかもが都合よすぎて気味が悪い。

「飲もうか」

「飲みます」

桜子はぐっと呷《あお》ってグラスを空けた。瀬尾もやっとちびちびと飲み始めた。

驚いたことに、瀬尾は最初の一杯を飲み終える前にもう酔っていたようだ。顔も地味だが、酔い方も地味で、会話の途中で頬杖をついて目を閉じ始め、しばらくするとテーブルに突っ伏して寝てしまった。すべてが地味かと思えば、イビキは相当にうるさく、桜子は瀬尾を事務所に放置して、部屋に戻った。

その日以来、桜子と瀬尾の会話が少し増えた。

だが、酒を一緒に飲んでもまったく楽しくはないことがわかったので、それきり桜子が瀬尾を酒に誘うことはなかった。

森本襲来の件を、桜子たちは神殿の面々には伝えないことにした。

関係を説明するのがあまりにも難しい。なにより、居候《いそうろう》の身で、あまり心配はかけたくないというのが大きな理由だった。そうでなくとも、南区は『モリモト様』によい感情を持っていない。その名を聞かせない方がいいだろう、と判断した。森本との会話を聞いていたミリアにも口止めをしておいた。

それからしばらく経った、一ノ曜《いちのよう》のことだった。

「マキタ様！　お客様でございますよ！」

事務所で書類仕事をしていた桜子を華やいだ声で呼んだのは、恋愛の話が三度の飯より大好きな新入りの女官イーダだった。エマより更に若い十五歳で、ふわふわと大きく巻いたハチミツ色の髪を、高いところで二つに結んでいる。

客、と聞いて桜子は身構えたが、すぐに警戒を解いた。ドアの前にいたのが、ブドウ園のミホだったからだ。

「ミホ。いらっしゃい」

もう季節はすっかりと夏になっていた。短い霧雨《きりゅう》が明けた先週からは、急に暑さが増してきた。

神殿の階段を上ってきたミホも、腕で額《ひたい》の汗をぬぐっている。

「一ノ曜なのに、仕事?」

「親戚のとこで結婚式があって、王都《こっち》に来たんだ。ついでにエテルナ様のご機嫌伺いをしようと思ったんだが——邪魔だったか?」

一般的な休日である一ノ曜には、祝い事が多い。週に一度のこの日は、自分たちの住む地区の神殿に参拝するのがスタンダードな過ごし方だ。参拝客は、神殿の階段下で売られている線香を焚《た》き、祭殿に向かって無病息災を祈る。桜子は週に一度、初詣《はつもうで》をするようなものだと理解していた。

また、この日は市場の売り上げの一部が、お布施《ふせ》という形で神殿に入る日でもある。そのため、経理の瀬尾はとても忙しい。桜子も一週間の営業計画を立てる日なので、この日は事務所にこもりきりになる。

「ううん。大丈夫。ちょっと待ってて。今、これ書いちゃうから」

桜子は書きかけの書類にサインを入れた。

瀬尾に比べると読み書きの能力は低いが、数字は問題なく読めるようになった。今や桜子は帳簿のチェックがスムーズにできる。

「槇田さん。あともういいですから、休憩入ってください」

瀬尾が目線を机の上の書類に向けたままで言った。

「じゃあ、十分《じゅっぷん》もらうね」

「だから……槇田さんがそうやってネバると、他のスタッフが休みにくいんで、ゆっくりしてくださいって言ってんですよ。今日休憩ナシじゃないですか。勘弁してください」

「あー……うん。ごめん。じゃあ、休憩入るね。——ミホ、お待たせ。中庭に行こう」

桜子の呼びかけに、事務所の扉の前にあるベンチに座っていたミホが立ち上がる。

「東方の人間ってのは、皆そんなに働き者なのか？」

ミホの感心したような言葉に、桜子は苦笑して頭を横に振る。一つのことに夢中になると周りが見えなくなるのは悪い癖だと、自覚しているからだ。

桜子は、高校と大学の時に演劇部に所属していた。脚本と演出を担当していたのだが、いい芝居を作りたいという一心で、監督をしていた先輩部員と衝突して練習をボイコットされたことがあった。熱を入れすぎた演技指導で後輩が辞めたこともある。自身も、徹夜続きで体調を崩したことが何度もあった。

目的に向かって走り始めると、夢中になって、自分の体調への配慮も周囲の人たちへの配慮も忘れがちになる。

「私は悪い見本。皆が皆そうじゃないよ。同郷の瀬尾くんにもちゃんと休めって言われてるくらいだし」

「それならちょうどいいな。サクラ、これからうちに来いよ」

「ミホの家に？」

桜子がおそるおそる横にいたイーダを見ると、予想に違《たが》わずキラキラした目で「どうぞ、いってらっしゃいませ」と言われてしまった。

「仕事ばっかりしてるって、叱られてるんだろ？　たまには休めよ。おっかねぇ顔になってるぞ」

ミホの指が、桜子の眉間に触れそうで触れない距離で止まる。

「いいですよ。別に」

突然の瀬尾の言葉に、桜子は驚いて彼を見る。

「槙田さんじゃなきゃわかんない案件は片づいてますし。息抜きくらい、いいんじゃないですか？」

息抜きの権化《ごんげ》のお墨付きまでもらってしまった。

シイラもニコニコと笑顔で、すっかり事務所全体がお見送りムードになっている。桜子も、ミホの家に遊びに行くこと自体に魅力を感じていないわけではない。

「じゃあ、ちょっとブラキオさんに断ってくる」

仕事以外での外出なので、言伝《ことづて》ではなく直接伝えに行くことにした。ブラキオはほとんど外出というものをしない。女官たちもだ。ベキオは神殿にいないことが多いが、これはあまり歓迎されないことらしい。桜子も巫女という立場である以上、不要な外出は控えるのが本来のあり方のようだ。

そして、ブラキオの許可を得た後、外に出た。神殿の階段を下りながら、ミホが笑う。

「巫女様は、愛されてるな」

「うん。ありがたいことに、大事にしてもらってる」

「まさか祭壇にまで連れていかれるとは思ってなかった」

ブラキオは、ミホをエテルナ神殿の祭壇の前まで連れていき、巫女には指一本触れない旨の誓いを立てさせていたのだ。

「ごめんね」

「やっぱり巫女さんには触っちゃいけなかったんだな。この間の、悪かった」

この間というのは、桜子が故郷を思い出して突然泣き出した時に、ミホが頭を撫でたことをさしているのだろう。

「あ、そうだ。この間、ありがとう。ハンカチ洗っておいたのに、忘れてきちゃった。すぐだから、今取って——」

「いい。やるよ」

神殿に引き返そうとした桜子を、ミホが止めた。

「泣きたい時に使えよ」

他人に弱みを見せるのは苦手だ。桜子がつき合ったことのある異性といえば、大学の頃同じ演劇部の部員だった『鈴木《すずき》くん』だけだが、その唯一の彼氏にも弱音を吐いたことはない。

弱音を吐いて甘えるような関係を、異性との間に持ったことのない桜子は、こういう状況でなにを言っていいのかがわからない。だが、今はミホの優しさを素直にありがたいと思えた。

「ありがと」

二人は階段を下り切って、南区の中央通りをのんびりと歩く。

「しかし……信用ねぇな」

しばらく歩くうちに、ミホがつぶやく。

「どうしたの？」

「気づかねぇ振りしてやれよ？」

ミホの視線の先を追うと……どう見てもブラキオにしか見えない男性が柱の陰にサッと隠れるのが見えた。

（ブラキオさん⁉）

ミホはまた「愛されてんな」と言って笑う。

視線を前に戻そうとすると、別の陰がサッと視界をかすめた。一瞬見えた赤い尻尾のようなものの正体は、確認するまでもない。

（ウルラドもいるの⁉　……いやいや、面倒くさいことになりそうだから、見なかったことにしよう……うん。私はなにも見てない！）

尾行のセンスを著《いちじる》しく欠いた二名の視線を受けながら、桜子は中央通りを下る。

「あちこち工事してるんだな」

中央通りを見回してミホが言った。今日は一ノ曜《いちのよう》なので工事も休みだ。白い布があちこちにかけられている。

表通りに面していない店舗を、中央通りに面した場所に移転させる予定だ。来週には青果店が、再来週には乾物屋が新店舗に移る。家賃は据え置きで、工事の費用も神殿が持つことになっていた。

「うん。あと、月の光亭もちょっとだけお店を大きくするんだ。酒場を作るの」

「酒場？」

「南西区にあるような酒場じゃなくて、もっと女の子受けする健全で明るいお店」

「女が使う酒場ってことか」

「そう。美味しいブドウ酒と食事でゆっくりできる場所にしたいの」

月の光亭のイートインスペースは、オープン以来客足が衰《おとろ》えず、席はいつも満席だった。今月になって経済的な余裕が出たので、公園をはさんで隣にある空き店舗を改装することになった。完成すれば席数が倍に増える。女性が一人で来ても寛《くつろ》ぐことができ、子連れでも恋人同士でも楽しめる店を作るつもりだ。

「女性の、女性による、女性のためのカフェバーを作るの。ミホのところの干しブドウを入れたチーズケーキは、開店の時の目玉商品にするんだ」

王都の女性たちはオープンで自由だ。現代の日本女性にも通じる感覚を持っている。女性向けのカフェバーは、そんな王都の女性たちに必ず受け入れられるはずだと桜子は踏んでいた。

「よく次から次と考えつくもんだな」

「私は小麦を育ててるわけでもないし、ブドウからお酒を作ったりもしてないから、頭使って足で稼がなきゃ、ご飯食べられなくなっちゃうよ」

今は自分だけでなく、市場の面々の生活も背負う立場だ。お布施《ふせ》が養生院や孤児院に寄付されることを思えば、桜子のアイディアが南区の経済を担《にな》う部分は大きい。

（私は、森本さんとは違う）

森本の警告を忘れたわけではないが、桜子は市場を発展させ続けることを決めた。

（事業の規模が全然違うんだから、因縁《いんねん》つけられる筋合いなんてないもの）

桜子は、南区の門のあたりで一度足を止め、市場の様子を眺めた。いくら月の光亭に人が集まっているといっても、南東区に比べればまだまだ少ない。

「ま、あんまり根詰めるなよ」

ミホはまた、桜子の眉間を指さした。桜子は眉間をさすって、シワを伸ばす。

「神殿のじいさんは、もう帰ったみてぇだな」

(信用してくれたのかな……?)

桜子は市場の建物のあたりをちらりと見る。もうブラキオの姿は見えなかった。ついでにウルラドの影も消えていた。


ミホの家につくと、彼の母親が温かく迎えてくれた。今日はミホの父親もいる。

桜子が手土産に持ってきたチーズケーキとふわふわパンを手渡すと、ミホの母親は喜んだ。

「あぁ、これが王都で流行《はや》りのふわふわパンかい。一度食べてみたかったんだよ。ゆっくりしていってちょうだい」

そう言ってミホの母親はキッチンに立ち、手際よく食事の用意を始めた。

「お手伝いさせてもらってもいいですか？　こちらの料理、作っているところ見たことがないんです」

桜子がそう言うと、ミホの母親は食材のことや調理法のことなどを丁寧に教えた。

スープに肉料理に、いろいろな野菜の酢漬け。どの料理も美味しかった。この国に来てから、一般家庭の食卓についたのは初めてだ。家族の他愛ない会話が懐かしく、桜子はたくさんの話を聞き、たくさんの話をした。ミホの両親が話す彼の小さな頃のエピソードには、声を上げて笑った。

楽しく食事を終えて、皿を下げようとすると、夫婦にそろって止められる。

「きっとお迎えの人も、もうこっちに向かってるよ。心配かけちゃいけないし——ミホ、途中まで送っていってあげな」

帰りはガルドがブドウ園まで迎えに来ることになっている。だがお礼に片づけくらいさせてほしい、と桜子は言ったのだが、ミホの母親の勢いに負けて、早々に帰ることになった。

外に出ると、もう夕暮れが近かった。

水で薄めないワインを飲んだせいで火照《ほて》った頬に、夕暮れ時の涼しい風は心地いい。

「騒がしくて悪かったな」

「ううん。すごく楽しかった。ありがとう。スープも美味しかったけど、あの鶏の煮込み料理、ほんとに美味しかった！　こっちに来てから食べた料理で一番美味しかったかも」

ゆっくりと赤く染まる道を歩く。太陽も月も、夕暮れも日本と変わらない。違うのは見渡す限り広がる高い建物と電線がないことくらいだ。

「そういえば、ご飯作ってる時に、おばさんがミホの名前のこと、教えてくれたよ。西から来たおじいさんがつけたんだってね」

「あぁ。じいさんの故郷の言葉で、ブドウの木のことらしい」

「『ミホ』は、私の国だと女の子の名前だよ。美しい、っていう字に、稲穂の穂って書くの」

「稲穂？　あぁ。米のことか。米ってのは東方の食い物だろ？」

桜子は東区で米を買ったことがある。日本の米とは違って粘りがなく、パサパサしていた。リゾットやピラフにはできたが、おにぎりを作るような種類ではなかったことを思い出す。

「うん。私の故郷《くに》では主食なの。……死ぬまでになんでも好きなもの食べさせてあげるっていわれたら、私、白いお米をお腹いっぱい食べたいっていうと思うな」

そんな大袈裟《おおげさ》な表現になったのは、王国での暮らしが長引けば長引くほど、『このまま一生帰れないのではないか』という恐怖が強くなっているからだ。もしも願いが叶うなら、日本に戻って、家族に会って、美味しいご飯を食べて、柔らかいベッドで寝て――

そこまで考え、桜子は頭を軽く振って囚われそうになる思いを振り払う。ミホの家族と過ごしたことで、桜子の望郷の思いはますます強くなったようだ。

ガタガタガタ。

背の方から来た馬車が桜子たちを追い抜いていった後、ミホがポツリと言う。

「また来いよ。あとひと月もすりゃ収穫の時期だ。そのちょっと前に来れば、いくらでもブドウを食わしてやる」

「本当!?　嬉しい……」

「あぁ。――お迎えが来たな」

馬車が消えた道の向こうに、ガルドの姿が見えた。

「そんじゃ、気をつけてな。あんまり無理すんなよ？」

「ありがと。おじさんにもおばさんにも、よろしく」

「あぁ。来週また行く」

ミホが足を止め、桜子はガルドのいる方に歩いていった。

「ガルドさん、お疲れ様です」

「おう。今日は暇だったからな。夕飯食わせるからって話で兄貴に雇われた」

ガルドと話しながら、桜子は少し小さくなったミホに手を振った。ミホも手を振っている。

少し歩いてからもう一度振り返ると、ミホはまだ同じ場所にいて、手を振り返していた。

「気のいい小僧じゃねぇか」

ミホの律儀さに、ガルドが笑う。

桜子はもう一度手を振りながら、神殿へと帰って行った。


外出はいい気分転換になったようで、桜子は翌日からまた精力的に働き始めた。

午前中は工事現場に赴《おもむ》いて、北区の大工たちと打ち合わせをした。それも順調に終わり、大工たちにおいしいパンを差し入れて、自分も月の光亭でランチをするつもりで店に入る。その時だった。

「マキタ様！　これ見てください！」

騒がしく走ってきたのは、ジェドの新妻アーサだ。王都ではすらりと細身の女性の多い中、ふくよかで丸みのある体形が可愛らしい。以前、桜子はこのアーサに捕まって、半分ノロケにしか聞こえない痴話ゲンカの仲裁をさせられたことがある。またその類《たぐい》かと思って、桜子は「なにかあった？」と軽い調子で答えた。

「これ、モリモトスーパーで売ってたんです！」

桜子は、アーサの手にあるものを受け取った。見たところ、月の光亭で出しているおいしいパンに見える。包みも同じだ。日本で言う笹の葉のような役割をする、ユガの葉で包んである。

「……ん？」

桜子はふと違和感を覚えた。葉を剥いて出てきたのは、楕円形をしているパンだった。ベーグルサンドではない。

「これが、モリモトスーパーで売られてたの？」

「はい！　それも『美味パン』なんていう名前で！」

——これは警告なのだろうか。

森本の恫喝《どうかつ》が、頭に蘇《よみがえ》る。桜子は類似品にしか見えないそのパンを見つめ、ざわざわと背に迫る悪寒に息を詰めた。


事は、類似品がモリモトスーパーで売られるようになっただけでは収まらなかった。桜子は情報を収集すべく、月の光亭に出向いてシオから話を聞くことにした。

月の光亭の奥の事務所は、物は多いがいつ来ても整然としている。タオの妻が几帳面な性質《たち》らしい。出されたワインを一口だけ飲んで、桜子は俯《うつむ》いたままのシオと向き合う。

「シオさん。教えてください。問題はこのパン屋だけのことではないかもしれません」

「偶然じゃないかって、思ってたんですけどね……実は——」

「くそっ！　まだだ！」

シオの言葉を遮《さえぎ》るように厨房《ちゅうぼう》の方から声が聞こえてきた。声の主《ぬし》は、シオの次男で移動販売と宅配を担当しているジェドのようだ。シオが腰を上げるよりも早く、桜子はドアの一つ向こうにある厨房へ向かった。

「なにがあったの？」

「あ、マキタ様。それが……」

ジェドは兄であるタオと顔立ちがよく似ている。背格好もほとんど変わらないので、桜子は何度か後ろ姿でタオとジェドを間違えたことがあるくらいだ。そのジェドの身体がずぶ濡れになっている。

（雨なんて降ってた？）

桜子は外を見たが、雨の気配など少しもない。

「すみません。大事な商品を無駄にしてしまいました」

見れば、水浸《みずびた》しになったのはジェド本人だけではなく、彼が持っているふわふわパンの入っているカゴもだった。ポタポタと水が滴《したた》り落ちている。

「ジェドくん。怪我はないの？」

うなずくジェドの表情からは、悔しさが滲《にじ》み出ている。アーサがタオルを持ってきてジェドに渡した。ジェドは乱暴に短い髪をぐしゃぐしゃと拭いて「お見苦しいところをお見せしました。着替えて参ります」と言い、店の奥に引っ込んだ。

「ひどい！」

声を上げたのは童顔と可愛らしい声に似合わず、とにかく気の強いアーサだった。

「売り物のパンにまでこんなことするなんて、あんまりです！　また『あのスーパー』の連中ですよ！　絶対！」

「アーサ。そうと決まったわけじゃない。滅多なことを口にするんじゃないよ」

シオがアーサを窘《たしな》めたが、アーサはまったく聞く耳を持たず鼻息も荒く続ける。

「神職のくせに弱い者いじめなんて、最低！」

「アーサちゃん。他にもあったの？」

「ありましたとも！」

桜子の問いに、勢いよくアーサが答えた。さすがに興奮したアーサに喋《しゃべ》らせては騒ぎが大きくなると思ったのか、シオは大きくため息をついて言う。

「お前は店に戻りなさい。アーサ」

「わかりました。……マキタ様、私はいつでも話しますから！」

最後に「絶対許さないんだから！」と鼻息も荒く言って、アーサが店に戻っていく。

「ジェドくん、宅配の途中だったんだよね？　まずは今日の分を運ばないと」

「次はオレも行きます」

パンを釜に入れ終えたタオが申し出た。桜子はスッと手を上げて、

「私も行く」

と宣言した。シオもタオも、戻ってきたジェドも慌てて止めた。

「なにをおっしゃいます。とんでもないことです！」

「マキタ様。いけません！」

森本との確執は『日本人同士』の間に起きたことだ。桜子もこの事態に対し責任を感じている。

「シオさん。道々タオくんとジェドくんから話を聞きます。——ジェドくん、残りの宅配先を教えて。タオくんは、パンの用意をお願い」

桜子の覚悟が伝わったものか、ジェドとタオは一度顔を見合わせた後、手早く準備を始めた。

「父さん。窯《かま》のパンを頼む」

オロオロするシオを残し、桜子は兄弟を連れて南区を出た。

類似品はしかたがない。だが、商品ごと従業員に手を出してくるとなると話は別だ。

(あの陰険ジジイ！)

桜子は静かに怒っていた。

月の光亭のスタッフは、身内も同然だ。それに、あの水浸《みずびた》しになったふわふわパン一つ作るのに、小麦を育てる土地を作るところから始まり、シオやタオが捏《こ》ねて焼くまでどれだけの時間と手間がかかっているか。その一つ一つの売り上げがどれほど貴重かを思えば、泣き寝入りはできない。

南区を出た桜子たちは中央区の階段をズンズンと上っていく。

「マキタ様。配達先はこちらではありません。中央区の碧海《みどりうみ》通りの――」

「勝てない勝負はしない主義なの」

桜子は、前を見たままそう言うと、まっすぐ目的の場所へと向かった。

ついた先は、西区だ。西区には傭兵の住まいだけではなく、軍の演習場や兵舎もあるので二区分の広さがあるらしい。西区の門は部外者の立ち入りが禁じられているだけあって、他の区のような簡素なものではなく、金属製の重い扉は威容を誇っていた。

桜子は門の前で、傭兵らしい風貌の門番に声をかける。

「傭兵宿舎にいる、ガルドさんに仕事を依頼したいんです。呼んでいただけますか。エテルナ神殿の神官長の弟の――」

「剛腕のガルドだろ？　ここらじゃ顔だ。で、アンタは？」

「エテルナ神殿のマキタです」

そう名乗ると門番の男は「あぁ、噂の巫女様か。ちょいと待っててくださいよ」と口調を多少改めて、一旦その場を離れた。

やがて見慣れた顔が門の勝手口から出てくる。

「おぅ。どうした。嬢ちゃん」

「ガルドさん。お願いがあります。これから一刻の間、格安で身体を貸してくれる人を紹介してもらえませんか。顔は怖ければ怖いほどいいです」

「顔？」

「うちのパン屋の男性陣、顔が怖くないんです」

ガルドはタオとジェドを見て、「まぁ、そうだな」と相槌《あいづち》を打った。タオもジェドも、顔の印象は素朴で温和だ。

「格安で強面《こわもて》か……よし。ちょっと待ってろ」

ものの五分もしないうちに、ガルドが連れてきたのは、顔に大きな傷のある、ガルドと同年代ほどの男だった。桜子の希望通りのビジュアルだ。

「キギノだ。傭兵くずれの昔馴染《なじ》みでな。今は宿舎で世話係をしてるが、懐《ふところ》がいつも寒いんだ。一刻二ランも出してやりゃあ二つ返事で飛びつくぜ。オレも今日は一仕事終えて暇なんだ。一緒に行く。礼は夕飯で十分だ」

「ありがとうございます。ガルドさん。キギノさん。よろしくお願いします」

こうして、屈強の傭兵と見るからに柄《がら》の悪い男を引き連れて、一行は移動を再開した。ジェドがパンの入ったカゴを持っていなければ、到底パン屋の宅配サービスには見えないだろう。

「で？　なんだってこんなことになったんだ」

「事情は、今からタオくんが説明してくれます。タオくん。お願い」

桜子はガルドへの説明をタオに任せる。

「それが……」

タオの話によれば、半月ほど前から何者かが宅配と移動販売を妨害してくるらしい。水をかけられる、石を投げつけられる、泥をかけられる、といった単純かつ効果的な嫌がらせをされたという。

「何者の手によるものなのかはわかりません。すぐに逃げてしまうので、姿も確認できないのです。

ジェドが言うには、頭巾《ずきん》を被っているそうですが……」

「黒髪を見られたくないからですよ。東区の連中に決まってる。モリモト様が門番や護衛に東区の人間を使ってるのは皆知ってることです」

タオの言葉に、ジェドは怒りを滲《にじ》ませて言葉を添えた。たしかにグレン神殿の階段下にいた門番も、エテルナ神殿に来た森本の護衛も、東区の人間だった。

ガルドは苦い顔をして「なるほどな」と言う。

「まぁ、モリモトの手の者だって疑う気持ちもわかるが、そんだけじゃ証拠にゃならねぇな。そうと疑うからには、他にもあるんだろ？」

ガルドの問いに、タオは言いにくそうに答えた。

「……はい。アーサの話では、月の光亭の前を、東区の人間らしき連中がうろつくようになったそうなのです。連中がなにか仕掛けてきたわけではないのですが、客の中には柄《がら》の悪い連中に眉を顰《ひそ》める人もあるようで、アーサが水でも撒いてやろうかと息巻いております」

「つまり、南区の市場に仇《あだ》なす何者かがいる――ってことだな」

「そういうことになりますね」

ガルドの言葉に、桜子は同意を示す。話を聞く限り、偶然が重なったとは考えにくい。

「こりゃ事だな。やっと南区に人が戻ってきたってのに、そんな連中のせいでまた寂《さび》れちまったら、たまったもんじゃねぇ」

「そうですね。このまま嫌がらせが続くようだと、客足にも影響が出てくるでしょう。それに、月の光亭の皆になにかあったらと思うと……」

直接危害を加えてくるのも許せないが、妨害が続いて売り上げが落ちれば、パン屋一家の暮らしはまた厳しいものになる。また、神殿に入るお布施《ふせ》の中でパンの売り上げが占める割合を考えれば、神殿の首も絞まる。

「宅配先はそこのお邸《やしき》です」

話をしている間に、配達先である中央区の碧海通《みどりうみ》りまで来ていたようだ。

碧海通りは裕福な商人か下級貴族の邸が多いと、以前ベキオに聞いたことがある。庶民の住む長屋のような家屋とは違って、二階建ての建物が多く、塀やベランダもある。白い壁に映えるアイアンの手すりなどは、桜子の目にも瀟洒《しょうしゃ》に映った。

「それじゃあ、配達に行って参ります」

ジェドが門をくぐった後も、桜子は注意深く周囲の様子をうかがう。

「さすがに今日ばかりは悪さもしてこねぇだろ。オレ様を誰だと思ってる。剛腕のガルドだぞ？傭兵稼業がそこらのゴロツキなんぞに負けるかよ」

丸太のように太い腕を誇示しながら、ガルドが笑う。桜子の前に大きな剣を軽々と振って突きつけてきたことは、半年経った今でも記憶に鮮やかだ。

「そりゃ、ガルドさんがいつもいてくれたら安心ですけど……」

「まぁ、そうだな。いつもってわけにはいかねぇな」

（毎回護衛をつけられたら、安心してスタッフを外に出せるんだけど……）

桜子がそんな事を考えているうちに、ジェドが戻ってきた。後ろに初老の男性を連れている。

ニコニコと笑顔で近づいてきた男性は、この貴族の邸《やしき》の使用人のようだ。

「はじめまして。お噂はかねがね。お会いできて光栄です。私はこの邸で厨房《ちゅうぼう》係をしている者です」

「はじめまして。マキタです。月の光亭のパンをご贔屓《ひいき》いただき、ありがとうございます」

厨房係の男性は、胸に手を当てて礼をした後、握手を求めてきた。桜子は「エテルナ様のご加護を」と言って握手に応じる。こうしたことは街に出ればいつものことだった。その度にパンの販売が『エテルナの巫女』という看板の力によるところも大きいのだと実感する。

厨房係の男性にパンを手渡し、桜子たちは礼を言って碧海通りを後にした。

「配達ってのは、どの程度時間がかかるんだ？」

次の宅配先に向かう間に、ガルドがジェドに尋ねる。

「朝と夕、それぞれ一刻程度です」

「そんなら、嬢ちゃんが宿舎にいる連中を雇えばいい。宿舎で働いてる世話係の連中は皆、傭兵くずれでな。とにかく人が余ってんだ。少ねぇ給料を皆で分け合って暮らしてる。朝と夕と一刻ずつ、連中に配達の護衛をさせりゃ、連中も酒代ができるんだ。大喜びするさ」

ガルドの提案に、桜子は即座に飛びついた。

「ガルドさん、それ帰ったら瀬尾くん交えて相談させてください！」

すると、それまでほとんど喋《しゃべ》らなかったキギノが「こっちも助かりますさぁ」と言って笑顔を見せていた。

その日は更なる妨害を受けることなく、無事配達は終了した。護衛の件でガルドと瀬尾との価格交渉も成立し、対策も取れた。だが、西区に戻るガルドを見送り、事務所に戻った桜子と瀬尾の表情は決して明るくはない。

「安全は高いね」

「ですね」

数字は依然厳しい。護衛を雇うほど移動販売と宅配を続けることにメリットがあるとはいえ、桜子が動かせる金額にも限度がある。新規テナントの整備用の資金が、護衛の件で大幅に減ったのは正直痛い。

「嫌がらせも、これきりになったらいいけど」

幸いにもその後、元傭兵の護衛を雇うようになってから、移動販売や宅配中の被害がぴたりと収まった――かに見えた。

慌ただしく日々は過ぎ、念願だった女性向けのカフェバーがオープンした頃のこと。

オープンの目玉として売り出したチーズケーキも、飛ぶように売れている中、ジェドの妻であるアーサの妊娠がわかった。悪阻《つわり》が重く、店に立てなくなった彼女の代わりに、桜子はミリアと一緒に暇を見つけては手伝いに行っている。

その日も、桜子は月の光亭で接客をしていた。

「そのチーズの、ケーキってのをちょうだい。三つ」

「こっちは四つお願い」

『チーズ』という言葉はそのまま通じるが、『ケーキ』は『焼き菓子』という言葉でしか表現されない。菓子類のバリエーションを見れば、もっと多くの単語があっていいはずなのだが、この世界の自動翻訳機はスイーツ関連に疎《うと》いのか、他のジャンルに比べて圧倒的に語彙《ごい》が少なかった。とはいえ『チーズ焼き菓子』だとしっくりこないので、『チーズケーキ』という名前で売り出している。

新商品の売り出し効果とも相まって、オープンから数日経っても、カフェバーの客足はまったく衰《おとろ》えていない。移転オープンしたばかりの青果店と乾物屋にも、順調に人が流れていっている。

そんな時――

「マキタ様！」

桜子は、慌てた様子のハナに袖を引かれた。

「どうしたの？」

「配達先で、ジェドさんがお客様にお叱りを受けているそうなんです。通りかかったお客様が教えてくださって……」

「場所は？」

桜子は話を聞きながら、手早くエプロンを外した。

「碧海《みどりうみ》通りのお邸《やしき》です」

「わかった。ちょっと行ってくる。あとお願いね」

桜子は、一人で店を飛び出した。

この忙しい時にスタッフの手は借りられない。単身で南区の外へ出るのは初めてだったが、今はそんなことを気にしている場合ではなかった。

瀬尾ならともかく、人当たりのよいジェドに限ってトラブルを起こすとは考えにくい。なにか新手の妨害を受けているのではないか、と桜子は考える。

桜子は、藤色のアオザイの裾を翻《ひるがえ》しながら中央区の階段を駆け上り、公園に出た。

騒動の場所はすぐにわかった。公園の真ん中に人だかりができている。

「——このままで許されるとは思ってねぇよな？」

「二度と中央区に足を踏み入れるんじゃねぇ！」

勢いよく怒鳴っている男たちの声が聞こえてくる。貴族の多い中央区には似つかわしくない口調だ。イントネーションも王都の人たちとは違っているので、恐らく東区の住民だろう。

「すみません。通していただけますか」

人混みを縫って進んでいくと、人だかりの中心にジェドの姿が見えた。

(怪我はしてないみたい……よかった)

まずは一安心、と言いたいところだが、空気はいまだ緊迫している。

東区の住人らしき外見の男が二人、ジェドにつかみかからんばかりの勢いで迫っていた。それを、キギノが背に庇《かば》っている。そのキギノが腰のあたりに置いた左手を見て、桜子はひどく慌てた。キギノが『風刃《ふうじん》』という二つ名を持つ、投げナイフの名手であることはガルドから聞いていたので、刃物を持ち出すのではないかと恐れたのだ。トラブルを暴力で解決することは絶対に避けたい。

まずは現状を確認すべく、桜子は交わされる会話に耳をそばだてた。

「いいんです。うちはそんな、南区さんとの取引をやめるなんて一言も言ってませんから！　もう結構です。お引き取りください。主人に迷惑がかかります」

東区の男たちの後ろでオロオロしている男性がいる。初めて護衛を頼んで宅配をした時に、桜子に握手を求めてきた厨房《ちゅうぼう》係の初老の男性だ。

「エテルナの巫女様だ」

どこかで小さな声がした。人だかりの中の誰かが桜子の存在に気づいたようだ。割って入るタイミングを逸《いっ》していた桜子は、これを機に一歩進み出た。

「エテルナ神殿のマキタです」

腹の底から声を出して、桜子が名乗る。一瞬、周囲は静かになり、すぐにざわめきに包まれた。

「南区の市場の従業員が、なにか失礼を致しましたでしょうか」

まっすぐに厨房係の男の方を見て、桜子は問いかけた。

「違うんですよ。巫女様。ただこの人たちが――」

「お前らが、この人にパンを押し売りやがったんだろ！　不味《まず》いパンを売りつけやがって！　なんだよ、このパンは！」

厨房係の男性の声を遮《さえぎ》って、こげ茶色の髪をした大柄な男が前に出た。手には真っ黒に焦《こ》げたパンらしきものが握られている。

「こんなもん売りつけて恥ずかしくねぇのか！」

大柄な男は手に持っていたものを地面に叩きつけ、足で踏みつける。

(腕っぷしで敵《かな》わないからって、こんな手に出たわけね)

桜子は、この東区の男たち――いや、その背後にいるであろう森本の意図を理解した。

『消し炭のようなパンを売りつけた』と人目のある場所で騒ぎ立て、風評被害でダメージを与えたいのだろう。もしかすると護衛を雇ったことを逆手《さかて》に取り、あからさまな挑発で暴力沙汰を起こすという狙いもあるのかもしれない。

(あの陰険ジジイ!!)

森本のやり口の姑息《こそく》さに、カッと頭に血がのぼる。だが、桜子は極力声に感情を出さず、男たちに問うた。

「その焦《こ》げたパンが、月の光亭がお届けしたものだという証拠はありますか」

「なんだと!?」

「こんなもん売りつけといて、シラを切る気かよ!?」

男たちは、いきりたって桜子との距離を詰めてきた。だが、桜子は怯《ひる》まなかった。

東区の男たちに構わず、厨房《ちゅうぼう》係の男性に向かい、大國デパートの接客マニュアル通りの角度で丁寧に頭を下げた。

「お騒がせして、申し訳ございませんでした。すぐに代わりのパンをお届け致します。ご迷惑をおかけ致しましたこと、心よりお詫び致します」

「巫女様。そんな頭なんて下げられちゃ……！」

厨房係の男は慌てて、ますますオロオロし出す。

「いっそうよりよい商品をお届けするべく、店員一同、誠心誠意励んで参ります。今後とも、月の光亭をよろしくお願い致します」

桜子がそう言うと、厨房係の男性との間に東区の男が強引に割って入った。

「おい！　こんなパンを売りつけといて、取引続けようなんざ図々《ずうずう》しいにも程があるだろ！　この方はもう二度と南区なんぞと取引はしねぇぞ！　この人は、オレたちと契約するって約束したからな！　こんな焦げたパンはご免だとさ！」

「では——」

桜子は口角だけを上げ、スッと目を細めた。

「——南区との契約を切った後、取引されるというのは、どちらのお店でしょう？」

一瞬、男たちが目を泳がせた。

桜子が「それは、『モリモトスーパー』というお店ですか？」と問い詰めようとした、その時——

「おぉ！　我が麗《うるわ》しのエテルナの巫女！」

と歌うような声が公園に響いた。

人混みが割れた先に現れた男の背に真紅のバラが見えたのは、決して錯覚ではなかった。ちょうど満開だったこの公園のバラが、まるで美しき貴公子のために用意された舞台セットのように見えた。

梅に鶯《うぐいす》。牡丹《ぼたん》に唐獅子《からじし》。バラに貴公子。一瞬にしてその場の視線をさらったのは、いつぞや神殿に不法侵入してきた貴公子、ウルラドだった。

「ウルラド様だわ……！」

「まぁ、今日も素敵！」

小さなざわめきの中に、女性たちの浮き足立った囁《ささや》きが交ざる。

ウルラドは手を胸に当て優雅に礼をし、まるで舞台の役者のようによく通る声で言った。

「お取込み中、失礼致します。美食家で知れたトゥルト殿が夢中になったと噂のパンを、是非我が家でも試してみたいと思い参りました。巫女様。ふわふわとした絹の口当たりを、私にもどうぞ味わわせてくださいませ」

ウルラドは『ふわふわパンの歌』を鼻歌で歌い、ニコリと微笑んだ。また若い女性の歓声がキャッと上がる。販促ソングも貴公子が歌うと格調高く聞こえる。

「さて――」

くるりとウルラドは踵《きびす》を返すと、厨房《ちゅうぼう》係の男性に近づいた。

「トゥルト殿のお邸《やしき》のお方とお見受け致しますが、なんぞお困りでしょうか。よろしければ、このウルラド・ベルースト・ソワルがおうかがい致しましょう」

突然現れたウルラドに気圧《けお》されていた東区の男たちも、その名乗りで相手が宰相の息子だとわかったらしい。顔色を変え「覚えてろよ！」と叫ぶと、走り去った。

「すみません。お騒がせしました」

桜子はまず厨房係の男性へ、改めて頭を下げた。

「巫女様。頭を上げてください。私はなにも契約を切るなんて言ってないんですよ。急にあの東区の男たちが押しかけてきたんです。南区のパンではなく、モリモ——いや、別の店のパンを買うように強引に勧めてきて……その上、いきなり南区のパン屋の子が持っていたカゴに焦《こ》げたパンを突っ込んで、言いがかりをつけてきましてね。いや、驚きましたよ」

厨房係の男性は、ハンカチで額《ひたい》の汗をぬぐった。

「代わりのパンはすぐにお届けします。本当に、ご迷惑をおかけしました」

「急ぎませんよ。ご家族の夕食に間に合えばいいんですから」

その時、横にいたウルラドが、桜子の耳元に「市場の二人は先に逃がしました」と囁いた。そして厨房係の男に優雅に胸に手を当てて礼をした。

「お騒がせして申し訳ない。この場の騒ぎは私が預かります。トゥルト殿にはそうお伝えください」

「ありがとうございます、ウルラド様。助かります。この騒ぎで、旦那様にご迷惑をおかけしてしまうんじゃないかと心配で心配で……」

「決してそのようなことにならぬように手を打ちます。ご安心を」

そつのない笑顔で言ってから、ウルラドはギャラリーにも一礼する。

「お騒がせしました。ふわふわパンの味は、どうぞ南区の市場でご確認ください」

女性たちの黄色い声がまた上がる。

鮮やかな幕引きだった。バラを背負った貴公子は桜子の手を取ると、公園から軽やかに立ち去ったのだった。


公園を出て通りを二つほど越えると、先に避難していたジェドとキギノの姿が見えた。

「マキタ様！　こっちです！」

ジェドが手を振って近づいてきた。二人とも無事のようだ。

「ウルラド、ありがとう！　助かった」

「礼には及びませぬ。私は貴女様の僕《しもべ》にございますれば」

ウルラドは「おっと」と言って、エスコートをしていた手を放した。

「失礼。汚れなき巫女様にご無礼を。お許しください」

無礼と言うならば、先日の不法侵入の方がよほど無礼だと思ったが、今は感謝が先に立つ。

「本当にありがとう。うちの従業員を助けてもらって」

桜子は改めてウルラドに礼を言う。キギノがその横で「殺さずに済みました」と静かな声で物騒なことを言い出した。

「ほんと怖かった！　流血沙汰になるんじゃないかと冷や冷やしましたよ」

あの腰に手を置いたキギノの様子を思い出し、桜子は今さらのように寒気を覚えた。

「あっしはマキタ様が、例の名前を出すんじゃないかと冷や冷やしましたよ。あの連中が首魁《しゅかい》の名前を出されて黙っていたとは思えねえ。その時は、こいつを使わずに済ます自信はありやせんでした」

そう言ってキギノはナイフを隠し持っているらしい腰のあたりをさする。

「……すみません。ついカッとなっちゃって」

桜子はキギノにもウルラドにも頭を下げた。勢いに任せてモリモトの名前を出していれば、キギノの言うようにもっと大事《おおごと》になっていたかもしれない。

「こちらの、ウルラド様のおかげでございますよ。あの時、ちょうどよくマキタ様を止めてくださったおかげでさ」

キギノが言うと、ウルラドが爽《さわ》やかに微笑む。

「このウルラド、マキタ様のことは、いついかなる時でも確《しか》と把握しておりますので」

さらりとストーカー発言を繰り出すこの人物が、とても素晴らしい人なのか、かなり駄目な人なのか、評価が難しい。

「マキタ様。今日のご縁に感謝致します。お力になれて幸いです。……邸《やしき》のパンを運んでいただきたいのは本当です。お時間のある時に、是非我が邸にいらしてください。歓迎致します」

では、と一礼をして、ウルラドは去っていった。

「華やかなお方でしたねぇ」

「爽《さわ》やかな春風のようなお方ですね……」

（いや、でもストーカーなんだよなぁ）

キギノとジェドのコメントに、桜子は、若干のひっかかりを感じたものの、ウルラドの鮮やかな手際には舌を巻いた。

その後、桜子はシイラに代筆を頼み、騒ぎのあった邸の主に手紙を送った。すぐに返ってきた。手紙には、かえってこちらを気づかうようなことが書かれていて、桜子は騒ぎの収束に安堵した。

しかし、今回の件が大きな騒ぎにならなかったのは、ウルラドの登場も含め、ただ運がよかっただけのことだ。また類似した事件がいつ起きるかわからない。

桜子には——南区には、自衛の手段が必要だった。

碧海《みどりうみ》通りでの一件から数日経った三ノ曜《さんのよう》。神殿の事務所に、桜子と瀬尾、ガルドとブラキオ親子が集まっていた。

「南区には、自衛のための組織が必要だと思うんです」

このところ南区で頻発しているきな臭い出来事の数々は、皆も承知している。一同は迷わずうなずいた。

「都護軍《とごぐん》はどうにも腑抜《ふぬ》けの集まりだからな」

ガルドの言う都護軍とは、正式には『王都護軍』という組織だ。桜子はおおよそ警察のようなものだと理解している。都護軍は貴族の子弟が多く、あまり荒事には強くないのだそうだ。だからガルドら傭兵は、王都で食べていけるだけの仕事がある。軍隊にあたるのは『王国軍』。こちらは国軍と呼ばれていて、本格的な訓練を積んでいる軍隊だ。

「ガルドさんとは何度か話し合ったんですが――」

「おう。傭兵くずれの連中には声をかけといた。宅配の護衛とは別に、市場のあたりを見回る連中も交代で動かす」

ガルドの言葉に「ありがとうございます」と桜子は礼を言った。

「それでな、嬢ちゃん。さっき兄貴とも話してたんだが、警護の連中を置いとく宿舎を作っちゃどうかと思ってんだ。市場の中にゃ、空いてる家がいくらでもある。オレも南区に寝泊まりする時にはそこを使う。傭兵が出入りする場所が近くにありゃあ、多少牽制《けんせい》にはなるだろ」

ガルドの申し出に、桜子は目を輝かせた。

「助かります！　食事はこちらで提供しますから、どんどん出入りしてもらいたいです。それと――一つお願いがあって。強面《こわもて》の、いかにもって感じの方が出入りするようになると、お客さんを怖がらせちゃうんじゃないかと思うんです」

「まぁ……そうだな。女子供の相手にゃ向かねぇ面《ツラ》だ」

キギノだけでなく、元傭兵の面々は強面だ。しかもガルドのような稼ぎのある現役の傭兵とは違い、経済的な理由もあって身綺麗とは言えない。

「それで、皆さんに制服を着てもらいたいんです。パッと見て、ブラキオさんは神殿の人、私は東方の人間だってわかると思うんですけど、同じように皆さんも『南区を守ってくれる気のいい人たち』だと一目《ひとめ》でわかるようにしたいんです。なにか起こった時、お客さんの方もすぐに助けを求められますし、姿が見えるだけで安心できるんじゃないかなって」

「それはよい案です」

ブラキオは手を打って賛同の意思を示した。

「ありがとうございます。それで、制服の色は白にしたいんです」

桜子の提案に、一同は怪訝そうな顔をする。

「白か？　荒事になりゃ、汚れちまうだろ」

ガルドたち傭兵が着ているのは、いつも黒い服だ。都護軍《とごぐん》の制服も同じく上下を黒で揃えている。

血がついても目立たないからだ。

「あくまでも、平和のための自衛しかしない、という意思表示です」

南区は流血を求めていない。白いシャツは、あくまでも争いを避けるためのものだと誰の目にもわかるように示すためだ。

「そんなら、『青鷹団』みてぇに名前でもつけるか」

「いいですね、それ！」

ガルドの提案に、桜子は胸の前でパンと手を合わせて同意を示す。

「気のきいた名前をつけようじゃねぇか」

「あくまでも争いを避けるために組織された集団ということで、『平和団』とかどうでしょう」

「……別に、フツーに『自警団』でいいんじゃないですか？」

桜子の提案に、それまで黙っていた瀬尾が会話に参加してきた。

「『南区自警団』？　地味じゃない？」

桜子は腕を組んで首を傾《かし》げた。

「地味といえば地味ですけど、そこ大事ですか？」

「名前は大事だよ。うーん……平和っていうと……ハトとか？」

「じゃあハトでいいんじゃないですか。平和感ありますし」

桜子と瀬尾の会話に、ガルドが慌てて止めに入る。

「もうちょっと、強そうな名前にゃならねぇのか。ハト団じゃ締まらねぇだろ」

この世界ではハトは平和の象徴ではないようで、ブラキオもベキオもピンときていない様子だ。

桜子はベキオに尋ねてみる。

「ベキオくん。こっちで平和の象徴っていうと、なにがあるの？」

「そうですね、やはり花かと思います」

ベキオが視線を移した先には、事務所に飾られている大振りのバラの花があった。これは、あの事件のあった翌日から、毎日神殿に送られてくるようになったウルラドからのプレゼントで、そろそろ飾る場所に困るほどの量になってきている。

「『バラ団』などいかがでしょう」

爽《さわ》やかな笑顔で提案したベキオに、桜子も笑顔で賛同した。

「なら、『白バラ団』とかどう？　制服も白だし。『青鷹団』だって、色が入ってるし」

「白バラか……まぁ、柄《がら》じゃあねぇが、平和といやぁ平和だな。うん。『白バラ団』か。悪くねぇ」

ガルドも満足そうにうなずいた。

「じゃあ、『白バラ団』で決定ですね！　ガルド団長。よろしくお願いします」

桜子が言うと、ガルドが真剣な顔で返す。

「『頭目《とうもく》』だ」

怪訝そうな顔をする一同に、ガルドは「オレは山賊の頭目になるのが夢だったんだ」と言ってドンと胸を叩く。兄であるブラキオは、もちろん苦い顔をしていた。

――こうした経緯で、『南区白バラ団』は結成された。

白バラ団の宿舎は青果店の隣に決まり、制服も決まった。胸に、赤い布をくるりと巻いて花の形にしたものを縫いつけた清潔な白いシャツだ。

同時期に、一度は南区を去った干果屋《かんかや》と乳酪屋が、整備された市場に戻りたいと神殿に申し出てきて、市場の店は一気に増えた。

すべてが順調に見えたが――

「また、うちの新商品が盗まれました……」

「イチジクのパン、うちが出した次の日すぐに売り出したんですよ！」

その後も商品のアイディアは盗まれ、市場の面々の、『モリモト様』に対する憤《いきどお》りは続いた。しかし王都のあちこちでふわふわパンやおいしいパンの類似商品が増えたため、次第にその印象も影響も薄れていったのだった。

＊　＊　＊

秋の祭りまで三ヵ月を切った。一年に一度、七日間続く祭りは、王都中の人たちが各区にある七つの神殿を回り、その土地土地の名物を食べて賑《にぎ》やかに過ごすという。

夢の繁忙期だ。桜子は更に仕入れを強化すべく、白バラ団に護衛を依頼しつつ城外のあちこちを歩き回った。

そんな慌ただしい日々の中、ブドウ農家のミホが、エテルナ神殿を訪ねてきた。

かねてからの約束通り、今日は収穫直前のブドウを見に行くことになっている。

「すげえ数の小麦粉だな。神殿は、今度は卸売《おろしうり》でも始めんのか？」

桜子を迎えに来たミホは、事務所に入るなり呆れ顔で言った。

「ごめん。ちょっとまだ片づいてなくて。今地下の倉庫に持っていくところなの」

事務所のベンチの上には、小麦粉の入った袋が積まれている。

「今は神殿でパンは作ってねぇんだろ？」

「ええと、話せば長くなるんだけど……ちょっと待ってて。これ運んだらすぐ出られるから」

神殿は慢性的に人手不足なのだが、多くの人が参拝に訪れる祭りを秋に控え、ますます深刻だ。

今も事務所には桜子と瀬尾しかいないし、ミホを案内してきたエマは、ワインを出すため厨房《ちゅうぼう》に行っているので事務所にはいない。

「サクラが運ぶのかよ」

桜子が小麦粉の袋に手をかけると、ミホは驚いて瀬尾の方を見た。

「一応いるだろ。男が」

「一応、『運びますか？』くらい言いましたよ」

矛先を向けられた瀬尾が書類を見たまま答える。

瀬尾に倉庫へ荷物を運ばせることが、どれほどリスキーなことかを説明するのは難しい。桜子はシンプルに「自分で運ぶ方が気楽だよ」と言って袋を胸に抱えた。

「貸せよ。運んでやる」

「いいよ。お客様にそんなことさせられないし」

「いいから。貸せって」

押し問答を続けていると、瀬尾が無表情にこちらを見て口を開く。

「槇田さん。頼むから黙って運んでもらうか、俺に任せるかどっちかにしてください」

桜子は迷わず前者を選択した。

ヒョイ、とミホが小麦粉の袋を右の肩に担ぐ。袋は一つ十キロ程度の重さがある。桜子だと一つ抱えるので必死なのに、ミホは更にもう一つ右肩に重ねても涼しい顔をしている。

「うわ。すごい」

「そりゃ神殿の連中とは違うさ」

桜子の驚きようにミホは笑って、更に左腕にもう一つ抱える。

「ありがと。助かる。倉庫はこっちだよ」

廊下に出ると、トレイを持ったエマが厨房《ちゅうぼう》から出てくるのが見えた。

「あら。すみません、私が――」

ご案内します、と言いかけたエマだったが、言葉を止めて「いってらっしゃいませ」と笑顔を見せる。また例の気づかいに違いない。桜子も慣れたものだ。ミホの顔を見ると、やはり苦笑していた。

廊下に出ると、涼しい風が神殿の方から吹いてくる。線香のウッディな香りが強く漂《ただよ》ってきた。

「話、途中だったね。この小麦粉、宰相様の息子さんにいただいたの」

「あぁ、あれか。青鷹団の有志が神殿に食糧を送ってきたのか？」

「それとはまたちょっと違うんだよね。あ、倉庫、ここの階段を下りるの。暗いから気をつけて。いきなり階段になってるから」

奥宮の廊下のつきあたりにある扉を開けた。バリアフリーの概念などなさそうなこの建築物は、扉を開けてすぐに段差になる。パン屋への委託を始める前は、仕込んだパンの生地を、温度の低い場所で寝かしておくために何度も通った道だが、毎回この突然始まる階段にはドキドキとしたものだ。

「サクラは、じいさんかばあさんと一緒に暮らしてたのか？」

「私？」

問いの意味がわからず、桜子は聞き返した。小学生の頃は、母親の仕事が終わるまで、祖母の家に預けられていたこともあるが、祖母に育てられたというわけではない。

「『階段が危ない』『足元が暗い』って、年寄り扱いされてるみてぇだ」

ミホがおかしそうに笑う。年寄り扱いをしたつもりはないが、神殿の関係者としては注意を促《うなが》すのが務めだろう。

「だって、ここでお客さんに怪我させるわけにいかないよ」

「別にオレがここで怪我したって、神殿のせいになんかしねぇよ。そう考えるのはお国柄か？」

やはりこの人は違う国の人なのだ、という感慨が今更のように湧く。

桜子の目にミホが『違う国の人』に見えるのと同じように、ミホの目にも桜子が『違う国の人』に見えるのだろう。容姿だけでなく、物の考え方や価値観も、接する機会が増えれば増えるほど違いを感じる。

「うーん……まぁ、そういう部分もあるかな」

「そういう国で育つと、サクラみてぇにめんどくせぇ女になるんだな。やっとわかった」

階段を下り切り、手前の扉を開いた。地下の空間は夏でもひんやりとしている。

「別に、皆が皆そうじゃないよ？」

「『悪い見本』か？」

「まぁ、うん。めんどくさいのはただの性分。――ここに置いてもらっていい？」

持ち上げた時と同じように、ミホは軽々と棚に小麦粉の袋をしまっていった。

「最初はお花だったんだよ。ウルラドが三日置きくらいに、真っ赤なバラを送ってくれたの」

「……へぇ」

「でも、そんなにお花をいただいても困るし、金額だってバカにならないでしょ？　それに、バラを贈られても、私が彼に好意を抱くってことはないんだから、無駄じゃない。こういうことは時間を置かずにきちんと伝えた方がお互いのためだと思うの。だから、手紙を送ったわけ。そしたら手紙が返ってきて『マキタ様がお望みのものはなんですか？』って聞かれて。だから『小麦粉』って答えたら、バラの代わりに小麦粉が週に一度届くようになったの」

　説明を黙って聞いていたミホの口元がおかしさを隠しきれないと言わんばかりに歪んでいる。

「おかしなこと言った？」

「いや、めんどくせえ説明だと思ってな」

「だって、正確に伝えた方がいいでしょ？」

　ミホはそれには答えず、少し笑った顔のまま「上に戻るぞ」と言って倉庫の扉の方に向かった。

「遅くなると、なに言われるかわかんねぇからな」

　階段を上る時、ミホが手を貸してくれた。大きな手はゴツゴツとして力強く、腕もがっしりと太い。なるほど、これは自分が心配をしなくてはならない相手ではなかった、と桜子は思った。

「さて、と。これで出かけられんのか？」

「うん。大丈夫。ブドウ酒、せっかくだから飲んでいって」

　事務所に戻って、ワインをグラス一杯分飲んでから、桜子は瀬尾に「じゃ、行ってくるね」と声をかけて、外に出た。

果実は王都にも出回っているが、改良を重ね糖度が高くなった日本のものとは違い、ほとんどの柑橘《かんきつ》類が強い酸味を持っている。モモやウメの類《たぐい》は味が淡い。だが、ブドウに関してはその限りではなく、かなり甘い。日本の暮らしと比べて、圧倒的に足りない甘味への欲求が満たされると思えば、桜子の足は羽が生えたように軽くなった。

「見えてきた！」

城外の西区のあたりまで来て、桜子ははしゃいだ声を上げた。

「今年は実りがいい。エテルナ様のご加護だな」

「……それ、責任感じるんだけど」

「なんでだよ」

「不作だったら、私のせいみたいにならない？　申し訳ないよ」

「別に、『この程度で済んでありがたい。エテルナ様のご加護だ』って思うだけだ。気にすんな」

ミホの気づかいに恐縮しつつ礼を言おうとした桜子は、目の前に広がるもの——ブドウ棚にたわわに実った鮮やかな紫や黄緑色の果実に見惚《みと》れた。

「わ！　すごい……！」

「そこは、オレが土から育てた場所だ。好きに食っていいぞ」

ミホが示した一角は、他のブドウとは種類が違うようだ。あの大振りなレーズンの材料だけあって、粒が大きい。

「そっか。ミホが育てたブドウなんだ。ツヤツヤしてて美味しそう！」

ミホが腰にさしていたハサミを取り出し、パチンと蔓を切る。瑞々《みずみず》しいブドウがずっしりと両手にのった。

「いただきます。ん――……！　甘い！　美味しい！」

強い甘味に、桜子は感動の声を上げた。甘い果汁が口いっぱいに広がる。

「そりゃなによりだ」

日本で手に入るブドウと違って、こちらのブドウの皮は薄く、そのまま噛んで食べることができる。わずかな渋味がまたアクセントになって、桜子はほぅと満ち足りた吐息をもらした。

「神殿の皆にも食べさせてあげたい。これ、お土産に持って帰っていいかな」

「土産は別に包んでやるから、それは食っていけよ。食い足りねぇって顔に書いてあるぞ」

指で頬を軽くつつかれて、桜子は決まり悪そうに目線を泳がせた。

「いけね。また触っちまった。神殿のじいさんにぶん殴られそうだ」

「ブラキオさんは武闘派じゃないよ。ガルドさんなら一刀両断だろうけど」

「あのじいさんに、傭兵のおっさんに……事務所にいる『カギの苗』みてぇな男に、その上ウルド様も出てきたしな。保護者がいっぱいで、サクラに惚れた男は大変だな」

『カギの苗』というのはこちらではメジャーな針葉樹のことだ。苗がヒョロヒョロとしているのだが、その様子になぞらえられて、瀬尾はあちこちで『カギの苗のような男』と呼ばれていた。『もやしみたいな男』というのに近いだろう。瀬尾は桜子の保護者などではないが、今はそれよりもミホの最後の発言が気になった。

「そんな人いないよ。こっちにいるうちは絶対ないから」

「……故郷《くに》に帰るのか？」

「帰るよ。絶対に帰る。こっちに来た時は突然だったから、母は私がここにいるって知らないの。どれだけ心配してるか……。三年──もう四年前になるけど、母は大きな病気もしているし、本当に心配なの。だからどうしても帰りたい」

勢いで口にしてから、桜子は「今の、神殿の皆には内緒ね」と慌てて口止めをした。ミホは険しい表情で言う。

「まさか、神殿の連中に攫《さら》われてきた……なんて話じゃねぇだろうな」

「ううん！　違うよ。そういうんじゃないの。ちょっと説明が難しい。ごめん。忘れて」

桜子は言葉の選び方が悪かったことを反省した。銀座のデパートの四階倉庫から、エテルナ神殿の祭殿に飛んできたなど、信じてもらえるとは桜子も思っていない。

「本当だな？」

「うん」

桜子が笑顔で答えると、ミホはやっと表情を緩《ゆる》めた。

桜子は、まだこの王国の倫理観を完全に理解しているわけではないので、自分の言葉がどんな印象を与えて、どう波及していくか想像がつかないところがある。迂闊《うかつ》な発言は避けるべきだろう。

「あらあら、サクラちゃん。来てたんだね！　上がってちょうだい」

家の前でミホの母親が手を振っているのが見えた。こちらにニコニコと笑顔で近づいてくる彼女に、桜子は手を振って「お邪魔してます！」と答える。

「もうすぐ収穫なんですね。美味しいブドウ、ごちそうになってました」

「そうなんだよ。これから祭りまで休む間なんてありゃしない」

「祭りに、なにかあるんですか？」

おや、というようにミホの母親が眉を上げた。桜子の質問が予想外の内容だったらしい。

「祭りはその年の新酒を飲む日なんだ」

母親に代わってミホが言った。

「お袋。これ、サクラからの土産だ」

「あらあら、ありがと。じゃあ、後で上がっていってちょうだいね。サクラちゃん」

桜子が持ってきた手土産は、神殿を出た時からミホが代わりに持っていた。包みをミホから受け取って、家に戻っていくミホの母親を見送ると、またブドウ棚の下で二人だけになる。

「おばさんにまで期待させせちゃった？」

「気にすんな。オレがどこの娘と話してもあの調子だ」

顔を見合わせて笑った後、桜子は広くどこまでも続くブドウ棚を見てしみじみと言った。

「お祭りの日はこのブドウで作った新酒が飲めるんだね。……ミホもお祭りに行くの？」

「あぁ。あちこち新酒を届けて回るついでに、神殿に参拝してゆっくり過ごすさ。サクラは祭りの間中忙しそうだな」

「大変なのは事前準備の方かな。仕入れ先の確保が厳しくて」

「……あのな、サクラ」

名前を呼ばれて、桜子は、目線を宝石のようなブドウの粒からミホへ向けた。

「収穫から祭りが始まるまでは、忙しいんだ」

「そうだよね。お酒できるまでは忙しいよね。お互い、頑張ろう」

「だからしばらく――いや、あんま無理すんなよ」

「……？　大丈夫だよ」

「すぐ泣くだろ」

「それ……もう忘れて」

決まりの悪さに、桜子は目をそらして小さな声で言う。日本を思って泣き出してしまった時のことは、記憶から消し去りたい失態だった。

「祭りの日、会いに行ってもいいか？」

次の会話のことを考えていた桜子は、二、三度まばたきをした後、パッと顔を明るくした。

「もしかして、ブドウ酒、持ってきてくれるの？」

「あぁ。新酒を巫女様にお供えさせてもらうさ」

ミホの家のワインは、高級品だけあって本当に美味しい。

「ありがとう！　美味しいブドウ酒を励みに頑張るよ」

決まりの悪さをすっかり忘れて、桜子は笑顔で礼を言った。

その後も忙しい日々は続いた。だが多忙がたまらなく大好きな桜子にとって繁忙期は大歓迎だ。美味しいワインも待っていると思えばますます熱も入る。

桜子は精力的に仕入れ先の確保に走り回り、少ない材料で大量に作ることのできるテイクアウト用のメニューを考え、祭りに備えた。

そんな慌ただしい日々の中、桜子はいまだ悪阻《つわり》で外に出られないアーサに代わって、時折配達をこなしていた。祭りの前には新たにスタッフを雇うことになっているので、それまでの間だけだ。

その日、桜子はふわふわパンの入ったカゴを抱え、中央区の階段を上っていた。

桜子の後ろにいるのは白バラ自警団の構成員ではない。たまたま誰も詰所にいなかったので、女官たちに勧められてやむを得ず瀬尾を連れてきた。形ばかりと言えど一応護衛なので、いつものアオザイではなく、胸に赤い布の花を縫いつけた白シャツを着ている。だが、桜子は戦力だと思っていないし、当人も役に立つ気はさらさらないはずだ。

そんな瀬尾がわざわざついて来たのには理由があった。

住所のメモ書きには、『宰相邸・赤丘《あかおか》通り』と書かれている。パンの届け先は、ウルラドの住む宰相の邸《やしき》だった。そうとわかった途端、瀬尾は突然「行きます」と自ら言い出したのだ。

「意外とこぢんまりとしてるんだね。宰相様のお邸なんて言うから、どんな大豪邸かと思っちゃった」

桜子は遠目に見えてきた邸を確認して、率直な感想を述べた。それにもっと王宮に近い場所にあるものと思っていたので、中央区の中腹あたりにあるのは意外だった。

「ユリオ王の代に西から来たんで、昔からの貴族のお邸に比べると小さいって、朝にベキオさんが言ってましたよ」

ウルラドの燃えるように赤い髪は王都では珍しい。なるほど、西方の人だったのか、と納得した。

「――『建国記』に出てくるんですよね。赤い髪の剣士って」

「そうなんだ。ウルラドも剣の名手で有名なんでしょ？　前に聞いたことある」

「『ソワル』もそんな感じですよ。西から来た美丈夫で、剣の達人です」

桜子は『建国記』の内容をほとんど覚えていないので、登場人物の名前を聞いてもよくわからない。だが、ウルラドが家名を『ソワル』と名乗っているのは聞いたことがある。

「ユリオ王の傍らには二人の英雄がいるんです。一人は、西方から来た赤い髪の剣士ソワル。それから、黒か――」

「ようこそ。エテルナの巫女。我が麗《うるわ》しの君」

突然、背後から聞こえた声に、桜子と瀬尾はパッと振り向いた。そこにいたのはウルラドだ。

横で瀬尾が「うわ……マジか。ホンモノだし……」とひどく驚いていたので、きっと『ソワル』というキャラクターはウルラドとよく似ているのだろう。瀬尾が進んで宰相邸についてきたのは、『建国記』の英雄の子孫を一目《ひとめ》拝みたい、というのが動機だったようだ。

今日のウルラドはいつもの貴族らしい服装ではなく、神殿のローマ風の服装に、襷《たすき》のような赤い布をかけた格好をしていて、髪も結んではいなかった。

「まさかマキタ様直々《じきじき》にパンをお届けいただけるとは思っておりませんでした。身に余る光栄です」

「いつもお世話になってるから。小麦粉をありがとう。じゃ、そういうことで。失礼します」

桜子はカゴをウルラドに差し出し、すぐに回れ右しようとした。ところが——

「マキタ様。今日は日差しも強い。少しお休みになられてはいかがですか」

爽《さわ》やかに誘いの言葉を投げかけられてしまう。

「ええと……」

桜子は、どうやって断ったものかと頭を悩ませた。このイケメンに、いつものストーカー節で褒め称《たた》えられながら時を過ごすのは、かなりの苦行だ。

「お茶を召し上がっていかれませんか。ちょうど、東方の茶が手に入りました」

「お茶？」

「はい。今年の新茶です」

にっこりとウルラドが笑みを浮かべる。

正直に言えば、茶には興味がある。この世界で茶葉はワインよりも更に高級品だ。一度飲んでみたいと思いながら、未だに飲んだことがない。

隣を見れば、瀬尾が断るな、と細い目で訴えていた。

瀬尾からの圧力はともかく、茶の誘惑は抗《あらが》いがたいものがある。

「……じゃあ、お言葉に甘えさせてもらいます」

「どうぞお入りください」

桜子はウルラドのエスコートを受け、邸《やしき》に入った。

後ろをついてくる瀬尾は、興奮した声で「すげぇ。ホンモノだ」とつぶやく。

部屋へ案内される間、桜子はウルラドに今日の服装について尋ねた。すると、今着ているのは元老院の会議に出席する際の正装なのだと説明される。

「このままでは無粋に過ぎますので、着替えて参ります。お許しを」

と丁寧に詫びてから、着替えのために二階へと上っていく。

しばらくして、家宰がトレイにティーセットを載せて入ってきた。白髪《しらが》交じりの年配の落ち着いた雰囲気の人だ。

「いい香り……。ありがとうございます。いただきます」

茶器の類《たぐい》は、桜子の知るティーセットとほぼ同じだ。あえて違いを挙げるならば、ティーポットが急須のような形をしていることくらいだろうか。

カップの中を覗く。色は、紅茶よりも赤みが少ない。発酵の度合いの問題なのか、葉の種類なのか、飲んでみると苦味が強かった。味は紅茶よりはウーロン茶に近いかもしれない。

「美味《うま》いですね」

なにを試食させてもパッとしないことしか言わない瀬尾にしては珍しく、まともな感想を述べる。

ウルラドを待つ間、桜子は応接室の様子を見回した。貴族の邸に入るのは初めてだ。さすがにシンプルさを極めた神殿の内装よりは凝っているが、華美な印象は受けない。建物の造りも調度品も、実に瀟洒《しょうしゃ》で芸術性が高かった。

金糸で植物の刺繍《ししゅう》が施《ほどこ》された上品な若草色のカーテンが、風でふわりと揺れる。

その風に乗って、庭の方から声が聞こえてきた。

「だが、今まさに飢えている人がいるのであれば――」

「しかし東区の問題は――」

ウルラドの声ではない。何人かの若い男の声だ。覇気《はき》があって、使用人たちの雑談という雰囲気ではなかった。

「庭にいるのは、どなたですか？」

控えていた家宰に尋ねると「青鷹団の皆様です」という答えが返ってきた。

「旦那様と坊ちゃまの意向で、この邸は青鷹団の会合のためにいつでも開放されております」

桜子が説明を受けている間にも、庭から声が聞こえてくる。なかなか白熱しているらしい。

（どんな話をしてるんだろ）

にわかに興味が湧いてきた。

「お待たせ致しました。騒がしい連中で、申し訳ない」

ウルラドが戻ってくる。白いシャツに、黒い腿《もも》のあたりが膨らんだボトム姿だ。髪も後ろで束ねていて、貴族の青年らしいいつもの姿に戻っていた。

「青鷹団って、どんな人たちの集まりなの？」

好奇心のままに、桜子はウルラドに尋ねる。

「学習館――貴族の子弟の学問所で知り合った者たちです。年は成人前の者から、三十前後の者まで。公職に就いている者もおりますので、常に全員がそろうことはありませんが、五十人前後の集団です」

そう説明しながら、ウルラドはゆったりとした動作で椅子に座る。

「南区もたくさんお世話になったって聞いてる。ありがとう」

桜子がそう言うと、ウルラドは切なげに眉を寄せて首を横に振った。

「……私ども政治家の力不足です。区の運営や福祉は神殿に任される部分が大きい。私が留学をしている間に王都は変わりました。モリモトスーパーの出現が、大きく王都を変化させたのです。今年から元老院の末席に加わり、声を上げてはおりますが、法的な整備がいまだに追いついていない。私にできることは、再び青鷹団の団長となり、南区を少しでも飢えから救うことだけでした」

「立派なことだと思う。南区の皆もすごく感謝してたよ」

「ありがとうございます。仲間たちも、そのお言葉を聞けばどれほど励まされるでしょう。……しかし、立派と言うならばエテルナ神殿のブラキオ様は真実ご立派な方だ。あれほどの窮状《きゅうじょう》の中でも、孤児たちを飢えさせず……簡単なことではなかったと思います。お布施《ふせ》は父ともども幾ばくかお渡ししておりましたが、まさかそれをすべて寄付されていたとは」

その話は、桜子も聞いていた。神殿は無収入だったわけではない。病《やまい》で妻を亡くしたばかりのブラキオに追い討ちをかけるように、孤児院の子供が二人、同じ病で亡くなった。ブラキオは深く心を痛め、財産のすべてを孤児院に寄付したのだという。

「しかし今、南区に光が戻りつつあります。マキタ様、貴女様のお力で」

「私はなにもしてないよ」

いつも桜子は謙遜《けんそん》めいたことを返すが、実際心からそう思っていた。自分がなにを言ったところで、南区の面々がそれを拒めばそれきりになっていた話だ。だから、自分ではなく、意見を受け入れて行動してくれたブラキオたちのおかげだと言える。

「いえ。貴女様の輝きが、南区を変えました。この半年、遠くから見守っておりました私にはよくわかります」

（半年……!?）

ストーカー歴の思いがけない長さに恐れ戦《おのの》いているうちに、青年たちが邸《やしき》の中に入ってきた。

「ウルラド様！　お帰りなさいませ。そちらのお方は、もしや……」

「ウルラド様の婚約者の……南区のマキタ様ではございませんか」

「おめでとうございます！　式には是非呼んで下さい！」

ベキオよりも若いだろう少年から、ウルラドよりも年上らしき青年まで、数人の貴族の男たちがこぞって桜子に挨拶《あいさつ》をした。

「え……」

問題は挨拶自体ではなく、その内容だ。

「槇田さん、これ、ヤバくないですか？」

瀬尾に確認されるでもなく、非常にマズい。

「ちょ、ちょっと、待って。すっごい誤解があるようだから、貴方の口からちゃんと否定して！」

桜子は青ざめてウルラドに訴えた。ウルラドはキリリと凛々《りり》しい表情で「ご安心を」と言ってから青鷹団の面々の方を向く。

「皆、聞いてくれ！　マキタ様が私の婚約者なのは、私の願望であって事実ではない。だが遠からず実現してみせる！」

とウルラドは高らかに宣言し出し、桜子の心胆を寒からしめる。

ウルラドの発言のせいで、青鷹団の青年たちに「マキタ様、ウルラド様をよろしくお願いします」とお願いされる羽目になった。当然、桜子は丁重に辞退させてもらったが、その努力も空《むな》しく、彼らにすっかり仲睦《なかむつ》まじいと認識されてしまった。たまったものではない。

桜子はウルラドの見送りを全力で断り、逃げるように邸を後にしたのだった。


「あぁ、疲れた」

邸を出た途端思わず声が漏れた。

「そのストーカー漫才、笑っていいのか笑っちゃマズいのか判断できなくて気ぃつかうんで、やめてもらえますか」

「好きでやってるわけじゃないったら」

瀬尾との会話の合間にも、宰相邸から「今追ってはなりません！」「堪《こら》えてください。ウルラド様！」という声が聞こえてくる。例によって尾行する気だったに違いない。時々振り返りながら階段を下りたが、幸い赤い影は見えなかった。

瀬尾が桜子を見て、真顔で首を傾《かし》げる。

「槇田さんのなにがそんなにいいんですかね？」

それは桜子にもさっぱりわからない。

「知らないよ。目でも悪いんじゃない？」

「あぁ。なるほど」

瀬尾がそう言って納得する。カチンときたが、この話を続けてもモメる未来しか見えないので、桜子は沈黙することにした。

ちょうど夕時だ。市場の様子をうかがおうと二人が南区の門をくぐると、そこは夕食の買い物客で賑《にぎ》わっていた。

最近、青果店ではレシピボードを日替わりで貼り出している。更に野菜の生産者の名前とコメントを書いたPOPを置き、スタッフにも積極的な声かけを推奨していた。森本がスーパー形式で成功しているのであれば、こちらは商店街形式――あくまでも対面販売で勝負をするつもりだ。

買い物客と青果店の店主が楽しそうに話している近くで、ユナとハナが子供連れの女性客に笑顔で惣菜の説明をしている。森本との競合を避けるための差別化だったが、それがこの市場の明るく温かな空気づくりに一役買っているようだ。

「今日も賑《にぎ》わってるね。ありがたいありがたい」

「ほんと、ありがたいですよね」

笑顔で客を見送ったユナとハナが、桜子と瀬尾に気づいてぺこりと会釈《えしゃく》した。

「お帰りなさいませ、マキタ様。ウルラド様にはお会いできました？」

「ハナはブドウ園のミホさんがいいって言うんですけど、私はウルラド様の方が断然いいと思います！」

「姉さんはそう言うけど、ミホさんの方がマキタ様にお優しいと思います！」

姉妹の熱のこもった話しぶりに、桜子は苦笑する。

「どっちともどうにもならないよ」

「玉の輿《こし》ですよ！　マキタ様！」

「もったいない！」

そんな姉妹の抗議をいなしつつ、桜子は神殿へ向かう勾配《こうばい》をゆっくりと上った。

祭りの準備で、人が忙しく動き回っている。まだまだ市場の一帯の空き店舗は多いが、祭りの間、空き店舗は屋台用に開放することにした。空き地はフードコートとして利用する。

中央通りで作業していた人たちが、桜子に気づいて挨拶《あいさつ》をする。どこの区も、祭りの日は中央通りから神殿までの道に灯籠《とうろう》をつるすとのことだが、今はその灯籠の準備をしているらしい。

「……皆して勝手なこと言って、もう」

市場を過ぎて人の気配がなくなってから、桜子は姉妹の言い様《ざま》を思い出し、ムッと口を尖らせた。

すると隣にいた瀬尾がポツリともらす。

「ウルラド派とミホ派は、七対三くらいでしたよ。比率」

「それ、どこ情報!?」

「イーダさん情報です」

桜子は、はぁとため息をついて小さく言った。

「王国《ここ》で恋愛なんて、できるわけないのに」

「まぁ、そうですね。俺も無理です」

「瀬尾くんは二次元しか愛せないってだけじゃないの？」

「いや、別に俺、一度も彼女できたことないとかじゃないですから。……なんていうか……現実感がないっつーか」

瀬尾の言わんとしていることはよくわかる。ファンタジー小説の中にいる――と一度思ってしまうと、時に王都の人たちが生身の人間に見えないことさえある。そんな環境で恋愛をするのは、なかなかに難しい。そもそも、この世界での恋愛など無意味だ。桜子は『建国記』の登場人物などではなく、いつか自分の国に帰る日本人なのだから。

「一応聞くけど、こっち来た時、瀬尾くんて彼女とかいたの？」

「いませんよ」

「だよね」

「槇田さんはいなそうな感じでしたよね」

瀬尾は質問さえせず断定する。ここで「私にだって（四年前に別れた）彼氏くらい（一度だけ）いたことがあるよ」と言っても誰も得をしないので、桜子はその話題をスルーすることに決めた。

ふと、桜子は空き家を眺めていた目線を前に戻した。弦楽器の優しい音が聞こえてくる。すっかり聴きなれた音色――ベキオの奏《かな》でるものだ。周囲を見回すと、ベキオが丘の麓《ふもと》の生垣《いけがき》の前にいた。

「お帰りなさいませ。マキタ様。セオ様」

笑顔でベキオが挨拶《あいさつ》をする。祭りの間、ベキオは南区の市場にある公園で仲間たちと歌劇を上演すると言っていた。南区は以前は『歌舞音曲《かぶおんぎょく》の小都』と呼ばれていたそうで、ベキオはその頃の南区を王都の人たちに思い出してもらいたいのだそうだ。てっきりその練習をしているものだと思ったが、ベキオは用があって桜子たちの帰りを待っていたようだ。

「青果店のウバさんが、帳簿のことを尋ねに神殿にいらしてたんです。もう自宅に帰られましたが」

ウバは青果店で働き始めた役人の夫を持つ五十代の女性だ。足が悪いので、神殿までわざわざ階段を上るだけでも大変だったに違いない。

「あぁ。……了解。じゃ、行ってきます」

瀬尾はそう言って市場に引き返していった。

「瀬尾くん、働くようになったよね」

その相変わらずの猫背からは、倉庫へ行ったきり戻ってこないレジェンドと呼ばれた男の面影はなかった。

「こちらに来てからずっと、遅くまで熱心に字を覚えておいででした」

ベキオはそう言って微笑んだ。王国語の字を、一から瀬尾に教えたのはベキオだ。その頃桜子は瀬尾を視界にさえ入れていない時期だったので知らなかったが、今、瀬尾がいかに南区に貢献しているかを思えば、行き過ぎた態度を取ったことを反省している。

「マキタ様。今お帰りでしたか」

月の光亭へ手伝いに行っていたミリアが、勾配《こうばい》を上がってくる。最近のミリアは、アーサの代理で手伝いに入るので、最近は神殿にいるよりもパン屋にいる時間の方が長い。

三人でゆっくりと神殿へ戻る階段を上る途中、桜子はふと南区の街並みを振り返った。

「祭りの日には、久しぶりに南区に人が溢《あふ》れそうな気がします」

ミリアが桜子の隣で嬉しそうに言う。

「きっと……そのようになりましょう」

後ろを歩いていたベキオも、穏やかな声で続けた。

祭りは、普段はあまり他の区へ行くことのない各区の住人たちが、王都中を巡る日。庶民や貴族、すべての人に南区の魅力をアピールするチャンスだ。宅配の注文が増加することも見込んでいる。

また、商機を探している商人が南区での出店を望むかもしれない。

「そうだね……そうなるといいね」

桜子もそう言って、南区の街並みを見て微笑みを浮かべた。——もう誰も飢えなくていいように。

誰も死なずに済むように。

祭りの当日。

桜子は朝の身支度を終えると、ソワソワとしながら神殿の様子を見に行った。

数日前、夕暮れ時にベキオたちと三人だけで上ったのが嘘のように、階段はたくさんの人々で埋めつくされていた。桜子はパタパタと駆け足で事務所に戻る。

「すごいよ！　どんどん人が来る！」

「さすがにテンション上がりますよね」

瀬尾がどんなテンションも感じさせない声で言いながら、書類にペンを入れる。

「もっとたくさん人が来るといいね」

「まぁ、そうですね。マジで今カツカツですし」

白バラ団の維持にも金はかかる。もっとテナントを増やすため市場を整備するのも同様だ。更にブラキオが希望するレベルの福祉を行うのにも資金が必要で、金はいくらでもほしいというのが正直なところだった。

できれば自分も市場に顔を出して、少しでも売上に貢献したい。桜子がソワソワと落ち着かずにいるのを見かねたのか、瀬尾が机から目線を上げて言う。

「今日は特に仕事ないですし、祭りに行ってきてもいいですよ」

「じゃあ、交代で行ってみない？」

桜子が提案すると「人混み苦手なんです」という答えが返ってきた。遠慮をしているわけではなさそうなので、桜子は気にせず出かけることにした。

奥宮の一室にある、白バラ団の詰所には、白いシャツの胸に赤い布の花をつけたキギノがいた。

キギノは祭りを機に、白バラ自警団初の専属スタッフとして、元傭兵たちの斡旋《あっせん》業務に就いている。

「すみません。キギノさん。市場までつき合ってもらっていいですか」

「お安いご用で」

祭りの間、現役の傭兵たちはあちこちの区から警備のお呼びがかかる。祭りは夜の間も続くので、大抵は泊まりがけの仕事だ。そうなると傭兵宿舎では、世話係がいつも以上に余ることになる。月給制ではないので、その間は無給となる。それを知り、桜子は暇を持て余している元傭兵たちを、臨時ではあるものの南区の市場で雇った。祭りの間はキギノの他にも、十人の白バラ団臨時構成員が南区を巡回する手はずになっている。

神殿の中を通って市場に向かうつもりだったが、神殿の中が混み合っていたので、桜子たちは神殿の外側を迂回《うかい》することにした。

神殿は丘の上にあるので、いつも風が強い。今日は比較的に風が穏やかで、線香の煙が神殿から流れてくるのが見えた。その量は普段とは比べものにならないほど多い。本殿にある祭壇に向かって線香を供えるのが、日本人が神社で賽銭《さいせん》を投げ入れる行為に当たるようだ。

「すごい煙！　この勢いなら市場の方も大忙しですね」

「そりゃ賑《にぎ》やかな様子でございましたよ」

「祭りが終わったら、慰労会をしなくちゃ」

階段を下る多くの人の流れに沿いながら、桜子は後ろを歩くキギノに明るい声で言った。

「もう十分よくしていただいてますよ。マキタ様。オレは、こんな立派なお方にお仕えできて幸せもんでさぁ」

キギノの声が、少しだけ震えている。

「……私も、キギノさんみたいな優秀な方に来ていただいて、幸せものですよ」

桜子の言葉は社交辞令ではない。キギノは実際よく働く。細々《こまごま》としたことも気がつくので、顔は怖いが市場の面々ともうまくつき合っている。

やがて、階段の人の列から外れて緩《ゆる》やかな坂を上ってくる人影が見えた。ガルドだ。祭りの間は、白バラ自警団の頭目《とうもく》として警備を指揮している。

「お疲れ様です、ガルドさん。今、市場に手伝いに行くところでした」

「そうか。戦場みてぇになってたぞ」

桜子はキギノと一緒に階段を下る人の列から離れた。ガルドはキギノが右の二の腕で涙をぬぐうのを見て、呆れたような声を出す。

「キギノ、お前なにやってんだ」

「頭目、オレは、幸せもんでさぁ」

「バカ野郎。酒も飲んでねぇのにそんなことで泣くやつがあるかよ」

ガルドは笑ってキギノの背をバンッと叩く。

「いいから、お前は神殿に戻れ。嬢ちゃんはオレが市場まで連れていく」

キギノはガルドに頭を下げた後、桜子に向かって更に深く頭を下げてから神殿に戻って行った。

「嬢ちゃんも、とんだ人たらしだな。今日は、南区中の人間が嬢ちゃんに夢中だと思うぜ？　誰もが一年前の悲惨な状況を思い出して、今を心から感謝してるさ」

ガルドが南区の街並みの方を見た。通りを埋めつくす人々の喧騒《けんそう》が、ここまで聞こえる。夢のような光景だ。

「私はなにもしてません。……皆さんのおかげです」

「だから、そういうのを人たらしって言うんだよ」

ガルドは笑いながら、階段を下りる人の流れに桜子を導いた。

「さ、皆に顔見せてやってくれ。忙しさで目が回りそうになってるが、嬢ちゃんの顔見たら元気になるさ」

目が回りそうになっている、というのは大袈裟《おおげさ》な表現ではなかった。

公園の前を通った時にベキオたちが演じている歌劇を少し観た後、桜子は結局店を手伝うことにした。そうして、月の光亭の厨房《ちゅうぼう》とイートインスペースを一日中行き来することとなったのだ。


すっかり重くなった足で神殿に戻り、軽い食事をした後は早々に女宮の私室に戻った。

「いかがでございました？」

シイラが桜子の髪を梳《と》かしながら尋ねる。髪を梳くのは女官長だけに限られた仕事だとかで、桜子の髪を整えるのはいつもシイラだ。

「月の光亭が開店した日でも、あんなに忙しくはなかったです。すごいですね、祭りって」

桜子の感想に、シイラは残念そうな顔をする。

「セオ様の一人勝ちですわ」

桜子の祭りの過ごし方について、瀬尾だけが『誰とも過ごさない』に賭けていたらしい。詳しく聞いてみると、人気順は『ウルラド』『ミホ』『瀬尾』『ガルド』『誰とも過ごさない』になっていたとのこと。恐ろしい賭けだ。

「……でも、『誰とも過ごさない』っていうのと『瀬尾くんと過ごす』って意味同じじゃないですか？　瀬尾くんといたって、事務所で書類書いてるだけだし。ガルドさんもですけど」

その桜子の素朴な質問に、髪を梳かしていたシイラも、テーブルに水差しを用意していたイーダも、謎の笑みをもって応えただけだった。

「無人島で二人きりになったって、瀬尾くんともガルドさんともどうにもなりませんよ。ウルラドとだって――」

髪を梳かす手を止めて、シイラは「まぁ」と華やいだ声を上げた。

「熱い告白ですこと」

「私、明日はミホさんに賭けますわ！　絶対！」

イーダまでがはしゃいでいる。桜子は、なんでミホが……と言いかけて、自分が『どうにもならない』ラインナップに、ミホを加え忘れていたことに気がついた。とはいえ、今さら「誰ともどうにもなりません」と訂正しても、照れ隠しだと思われるのが関の山だ。黙ってやり過ごすしかない。

（どうにもなるわけないのに……）

なりようもないし、なるわけがない。ファンタジー小説の住人に、恋をするなどあり得ない。

桜子は、その日ベッドに入ってから、一度だけ食事に誘われたことのある五階フロアチーフの吉岡を思い出した。だが、顔をはっきりと覚えていないことが悲しくなって、考えるのをやめた。

日本は遠い。銀座も旭川も等しく遠い。王都《こちら》での暮らしが長くなるにつれ、日本の記憶が少しずつ現実感を失いつつあるようで、時折怖くなる。

(……寝よう)

一日中動きっぱなしだった身体は眠りを欲している。明日も早い。

無意味な感傷を頭から追い出して、桜子は目を閉じた。

祭りの二日目も、桜子は市場で過ごした。三日目は休憩時間にベキオの歌劇を観た他は、ずっと働きづめだった。とにかく客の切れる暇《いとま》がない。

日を重ねるにつれ、南区へ訪れる人の数は増え続けた。それは予想を軽く上回る数字で、月の光亭では早くも小麦粉や野菜が尽きかけていた。

昼過ぎに『売り切れ』と看板を出して店を閉めようとしていたシオを、桜子は止めた。王都の人たちののんびりとした気質は、人柄の温和さにも通じていて、桜子もずいぶんと助けられてはきた。だが、南区の財政は依然厳しいのが現状だ。この商機を逃すわけにはいかない。

まずは南区の市場で食材を買い、すぐにズッキーニに似た野菜とチキンのスモークで、おいしいパンのサンドイッチを二十食分を作った。しかしこれも、すぐに売り切れてしまった。

「明日、城外で農家を回ってみます」

その日の夜、頭を悩ませる桜子に、シオが頭を下げた。

「申し訳ございません。マキタ様。私の考えが甘かった。代々続くパン屋を傾けた、私の悪い癖です。お許しを」

シオの申し訳なさそうな様子に、桜子も頭を下げた。

「こちらこそ。よそ者の私が出しゃばったことを言って申し訳ありません。ただ――今は、神殿や市場の皆さんの生活のために、一ランでも一スーでも多く、お金が欲しいんです。そしてその一スーが孤児院の子供たちの飢えを救い、その一ランが南区の治安を守ります。できるだけ、市場の皆さんの負担にならないようにしますので、ご協力をお願いします」

「マキタ様。そうじゃありませんよ」

シオは桜子に一歩近づいて、桜子の手をギュッと握った。パンを毎日捏《こ》ね続ける厚い手は、とても温かい。

「よそ者だなんて、寂《さび》しいことをおっしゃらないでくださいよ。貴《とうと》いお方に失礼かもしれませんがね。南区《ここ》を家だと思ってくださっていいんですよ」

夫の言葉に同意し、シオの妻が横でうんうんとうなずく。

「そうですよ。去年は首をくくりそうになってたうちの人が、毎日元気にパンを捏ねてるんです。次の春には爺《じじい》になるんですよ」

「パン屋ってのは、土地の中心でなくちゃいけないもんです。手前の店のことだけ考えてちゃあいけません。……マキタ様。どうか祭りの最後まで商売できるよう、よろしくお願いします」

目に涙さえ浮かべたシオ夫妻に見送られ、タオと一緒に店を出た。仕事が遅くなる時は、大抵タオに神殿まで送ってもらっている。

市場に灯りがともっている。賑《にぎ》やかな声と陽気な歌が聞こえてきて、日本の花見の様子を思い出した。ここは穏やかな国だ。――だが桜子の故郷ではない。それでも、賑やかな市場の様子や、人々の笑顔を見ると胸がほんのりと温かくなる。

(私も、森本さんと同じことをしてるのかな)

この国の人の穏やかな暮らしを踏み荒らしたくない。桜子は先ほどの自分を反省する。

エテルナ神殿の周りには篝火《かがりび》が焚《た》かれ、幻想的にライトアップされている。神殿に向かう階段に沿って置かれた灯りも、電気の光とは違うゆらめきが綺麗だ。

すれ違った夫婦らしい二人組の明るい声が、耳に入ってくる。

「綺麗だねぇ。また南区でこの灯りが見れるのは嬉しいよ」

「去年なんか、夜にはもう真っ暗だったからねぇ」

桜子たちの前を歩く三人組の男たちの声も聞こえてくる。少し酔っているのか、声が大きい。

「さっきの歌劇はよかったな。昔の南区が戻ってきたようで、なんだかしみじみしたよ」

「なんでも、マキタ様って巫女様がエテルナ神殿に来たそうじゃないか。あのおいしいパンも巫女さんの故郷《くに》のパンなんだとさ」

「なるほどねぇ。一風変わってると思ったら、そういうことか。いや、美味《うま》かったよ」

「その、マキタ様ってのもモリモト様みたいなお方なのか？」

「いや、奴隷のように人をこき使ったりはなさらないそうだ。お優しい方だって評判さ」

「そうかい。東方の人間が皆、血も涙もないって話じゃないんだな」

参拝客が神殿の中に入っていく。この時間になってもまだ線香の香りが濃く流れていて、桜子は複雑な気分になる。自分が正しかったのか、間違っているのかがわからない。

「ここで大丈夫。ありがとう」

月の光亭を出てからずっと黙っていた桜子は、奥宮の前でタオに礼を言った。

「これからも、どうぞよろしくお願いします」

タオは頭を下げる。その真摯さは、ふわふわパンを委託することになった時と、少しも変わっていない。

「タオくん」

桜子は帰ろうと背を向けたタオを呼び止めた。

タオは「はい」と答えると、すぐに振り返って桜子を見た。

「――私、『モリモト様』に見える?」

森本のように富を他者から奪い、生態系を荒らすような真似をしているだろうか？　という意味の問いだ。聞き方が悪かっただろうか、とも思ったが、タオは意味を取り間違えなかった。

「マキタ様は、マキタ様です。他の何者でもない。この南区の守り神エテルナ様の巫女様です」

表情をあまり崩さないタオが珍しくくしゃりと破顔した。そして最後に「マキタ様を、信じています」と言い、市場に帰っていった。

（……悩むのは祭りの後にしよう）

線香の煙が、篝火《かがりび》に照らされて空へ上っていく。

今、やっとここまで来ることができた。足を止めるのも迷うのも、祭りの後でいい。桜子はぐっと拳《こぶし》を握りしめ、明日の段取りをつけるべく事務所へと向かった。


祭りの四日目は、朝から貸し馬車を半日レンタルして、ガルドと一緒に城外を駆け回った。参拝をしていて留守の農家も多かったが、桜子は諦めずにイモを一袋、豆を二袋、あとは少しの野菜を買い取った。

帰ったのは日暮れ近くだ。桜子は重い身体を引きずって、早々に私室へ戻った。

「あー……疲れた！」

「お疲れ様でございました。ミリアさんは、食堂で卓に突っ伏して眠っておられましたよ」

いつものように髪を梳《と》くシイラが、笑って言う。

「そうそう。昼過ぎに、ミホさんがいらしてましたよ」

「あ、悪いことしちゃった。ブドウ酒、置いていきました？」

「いいえ。明日出直すとのことでした。直接お渡ししたいとお思いなんですわ」

鏡ごしに見えるシイラは笑顔だ。

「せっかくの祭りですもの。楽しまなくては。明日は、少しゆっくりなさってくださいませ」

明日には待ちに待った新酒が飲める。ミホが来るのを待って、一日事務所で書類仕事をしながら過ごすのもいいかもしれない。

——と、夜までは思っていたのだが。

七日間続く祭りは、残すところ三日だ。この商機を逃がせない、と朝の身支度を整えた桜子は、昨夜ののんびりした気持ちなど忘れ、慌ただしく市場へ向かう準備を始めた。

だが、奥宮の廊下で、女官たちに囲まれてしまう。

「なりません。今日はお約束がおありでございましょう？」

「でも、ミホが来るまでは働きたいんです……けど」

シイラを筆頭とした女官たちは、呆れ顔で首を横に振った。

「巫女様が大事な祭りの間中、一日も神殿にいないのは、さすがにいけません。今日は孤児院の子供らも参ります。神殿の敷地内にいらしてください。神官長様は寛容でいらっしゃいますが、心を痛めておいでですよ」

そこに、ブラキオがやってきた。

「マキタ様。今日もおでかけですか？」

と努力を伴っているであろう穏やかな笑顔で問われ、桜子は白旗を上げざるを得なくなった。実際のところ、昨日のうちに最終日までの段取りはつけてあるので、市場は桜子抜きでも困ることはないだろう。

「今日は、事務所にいようかと……思ってます」

「ありがとうございます。マキタ様。市井《しせい》の者と親しく交わり、富をもたらすお知恵は真《まこと》に素晴らしいとは思いますが、参拝の者はあの線香の煙がエテルナ様に届くようにと願いをこめて焚《た》いております。それが巫女様であられるマキタ様に届けばどれほど嬉しく思うことか。東方のご出身ゆえご存知ないのも無理はないが、そもそも――」

ここぞとばかりに始まったお説教を拝聴し、桜子は小さくなって奥宮の事務所に引き返した。

「おはよ。瀬尾くん」

「おはようございます」

遅刻常習犯だった瀬尾も、経理の仕事に就いてからは一切遅刻をしなくなった。こちらの夜は早いので、仕事を遅く始めれば翌日に仕事が繰り越され、自分の首が絞まるだけだとわかったからだ――と瀬尾が言っていた。仕事量の多さを暗に皮肉っての発言だったようだが、そこはスルーしておいた。

「今日は出かけないんですか？　……あぁ、ブラキオさんに捕まったんですか」

「うん。今日は孤児院の子たちが揃って参拝に来るんだって。で、中庭あたりの草むしりや掃除をしてくれる――から『是非とも神殿にお留まりください』って言われた」

「へぇ。そういや、神殿の階段の灯りも、孤児院の子が飾ってましたよね」

「うん。それで皆にお小遣いを渡して、祭りで遊んでおいでって送り出すんだって」

机の上の書類をパラパラと見ながら、桜子は椅子に腰を下ろす。

「お布施《ふせ》、どんな感じ？」

「過去の帳簿を見た限りだと、モリモトスーパーができる前のレベルに戻りそうですよ」

まさに順風満帆だ。桜子はペンを手に取り、祭りの後のプランを紙に書きとめていった。

「最近、森本さんも仕掛けてこないし、平和だよね」

「あちらさんも商売してるなら、祭りの時は忙しいんじゃないですか？」

外の喧騒《けんそう》をよそに、午前中は瀬尾と共に書類と睨み合って過ごした。昼になって、食事の支度ができたと呼ばれた。呼びに来たのは、三ヵ月前に入った神殿の二人の厨房《ちゅうぼう》スタッフのうちの一人だ。

「瀬尾くん、先にお昼いいよ」

瀬尾が席を立って事務所を出ていく。この一年で瀬尾は変わった。自分も恐らく変わった気がする。目に入ることさえ疎《うと》ましかった瀬尾と、こんな風に普通に仕事ができる日が来るとは一年と四ヵ月前には想像もしていなかった。――変わらざるを得なかったというべきだろうか。

（私、札幌店のフロアチーフ目指してたんだよなぁ）

ずいぶんと遠いところまで来てしまった。そんな感慨に囚われそうになった時、トントンと事務所のドアがノックされる。ハッと顔を上げると、ドアが開いてミホが入ってきた。

「相変わらず仕事中か？」

「いらっしゃい。急ぎの仕事はもう終わり。あれ？　女官の人たち、いなかった？」

「事務所の前まで案内はされたぞ。例のアレだ」

ミホが笑っているので、きっと女官の誰かが余計な気をきかせたに違いない。

「約束の新酒、持ってきたぞ」

「待ってました！　嬉しい！」

ミホが胸の高さに上げたビンを見て、桜子ははしゃいだ声を上げた。

「じゃあ、中庭に――あ、今日は子どもたちがいるから中庭使えないんだった」

「神殿の階段から外れた北側の丘は、南区の様子がよく見えるからおすすめの場所――だそうだ。ソバカスのある若い娘が言ってたぞ」

イーダに違いない。桜子は「ごめん」と言って笑うしかなかった。更に事務所を出たところで、食事から戻ってきた瀬尾が、二つのワイングラスとおいしいパンが入ったカゴを渡してきた。

「シイラさんに持たされました」

女官たちからの厚意をありがたく受け取り、桜子はミホと一緒に丘の北側を目指した。

「あ。あそこかな」

丘の斜面を見下ろすと、そこにはテラスのように岩の張り出した場所がある。

「なるほど。たしかにいい景色だな」

神殿に向かう階段がかろうじて見えるが、参拝客の声はほとんど届かない。ゆっくりと過ごすにはちょうどよい場所だ。

ミホがワインをグラスに注いで、桜子に手渡す。桜子は鼻をくすぐる香りにうっとりと目を閉じた。

「じゃ、エテルナの巫女様に。来年の豊作を祈って」

「お疲れ様」

グラスを上げて、乾杯する。一口含んだワインの香りを胸いっぱいに吸い込んでから、コクリと飲み込む。舌に甘味とかすかな苦味が伝わった。

「あー……美味しい」

「遠慮せずにもっと飲めよ。せっかくの祭りだ」

「待って。今じっくり味わってるから。ほんとに美味しいの」

そう言って桜子はもう一口ワインを飲む。飲むごとに疲労が消えていくようだ。

眼下には賑《にぎ》やかな南区の様子が見え、参拝客が神殿へと上っていく。見上げれば線香の煙が空に向かって伸びている。美味しいワインに、おいしいパン。そして、気の合う話し相手。満ち足りた思いに、桜子は目を細めて深い吐息をもらしていた。

「こうしてると、頑張ってよかったー……って思えるなぁ」

「そうだな。新酒飲むと、やっと一年の苦労が報われた気がする。来年も――」

ミホは桜子のグラスにワインを注ぎながら一度言葉を止め、再度桜子に問うた。

「サクラは、いつまで王都《こっち》にいるんだ？」

「わかんない。私が決めたわけじゃないし、神殿の人が決めるわけでもないし」

「故郷《くに》のお偉いさんが決めるのかよ」

さすがに、日本の政治家が開拓団でも派遣するようにファンタジー小説の世界へ自国民を送り込むとは思えない。人選も謎だ。

だが、桜子はあまりこうした話をするべきではないと思っていたので、王都の人が他国に疎《うと》いことを幸いに「うん。そうなの」と言っておいた。

「聞くの忘れてたけど、お昼食べた？　これ、よかったら食べて」

話をそらそうと、桜子はカゴの中をミホに見せた。

「そうだ。この間、城外に行った時――」

「サクラ」

桜子の名を呼んだミホの声は、他愛ない会話にはふさわしくない硬さがあった。不審に思った桜子は、カゴを見ていた目線をミホの横顔に移す。

「このまま神殿まで走れ。走って大声出して、人を呼ぶんだ」

ミホの視線は、神殿の丘の麓《ふもと》に向けられていた。人がいる。男が五人。参拝客の通る階段ではなく、丘の麓からまっすぐに――こちらに向かってきている。

「ミ、ミホは……？」

「いいから。行け！　走れ！」

ドン、と背を叩かれた。桜子は怯《おび》えて縮こまった足をなんとか動かして、神殿に向かって走り出す。

助けを呼ばなければ。足がもつれる。急いでいるのに、身体が思うように動かない。叫びたいのに、声も出ない。

不意に、日の光が遮《さえぎ》られた。桜子は恐怖に強張《こわば》った身体で振り返る。

逆光を浴びた片目の男が、桜子を見下ろしていた。

「この黒髪――」

伸びてきた男の手がグイッと桜子の髪を鷲《わし》づかみにする。

「……ッ！」

「エテルナの巫女だな？」

叫びたいのに、声が出ない。

「なに、ちょっとつき合ってくれりゃそれでいい。殺しゃあしねぇよ」

恐怖に耐え切れず、桜子はギュッと目を閉じる。

男の手が、桜子の水色のアオザイの胸のあたりをつかんだ。

――殺される。死にたくない。

ガンッ！　ドサッ！

覚悟していた衝撃の代わりに、間近で鈍い音がした。

（……え？）

「ご無事ですか！　マキタ様！」

聞き覚えのある声だ。桜子は恐る恐る目を開き、日の光を受けて輝く真っ赤な髪を確認した。

「ウルラド……！」

倒れた片目の男と桜子の間に、ウルラドが立っている。剣は抜いていない。あの鈍い音は、ウルラドが片目の男を殴り倒した音だったようだ。

ウルラドは、髪を束ねていた紐をしゅるりと解《ほど》くと、自分が倒した男が起き上がるより先に、その手足をまとめて拘束した。

「嬢ちゃん！　無事か⁉」

ガルドの声が上の方から聞こえる。神殿から駆けつけてくれたようだ。

「ご無事です。マキタ様を頼みます！　私は連中の捕縛に回る！」

「おう！」

ウルラドはガルドに声をかけると、軽やかに身を翻《ひるがえ》した。下ではミホと二人の男がもみ合いになっていて、ウルラドはそこを目がけて突っ込んでいく。

「行くぞ！　嬢ちゃん！」

太いガルドの腕が、腰が立たなくなった桜子の身体を軽々と抱き上げた。人一人横抱きにしているのにもかかわらず、ガルドは坂道をあっという間に上り切る。

「マキタ様！」

「ガルドさん！　こちらです‼」

女官たちの声が聞こえる。動揺していた桜子は、自分がどこにいて、どこに運ばれ、どこに下ろされたのか、把握することができなかった。

「そこに隠れてろ。誰が来ても絶対に開けるな！」

ギギ……ガシャン！

扉が閉まる。外で閂《かんぬき》がかけられた音がした。

エマとイーダは手早く木箱を扉の前に積む。桜子の隣には、シイラがいた。

「ご安心を。必ずやお守り致します」

その時やっと、桜子は自分の震える手をシイラの左手がしっかりと握っていることに気づいた。そしてシイラの右手には、短刀が握られている。キッと扉を見据えているその目に、桜子は胸を突かれた。

――この人は、自分を守るために命を捨てる覚悟をしている。

見れば、イーダもエマも、両手で短刀を持っている。

(落ち着かないと……)

桜子は深呼吸を繰り返した。ブラキオたちが自分の飢えを厭《いと》わず桜子に食事を提供したように、女官たちも桜子を守るために命を懸けている。本来なら縁もゆかりもない日本人ＯＬのエテルナの巫女のために。

申し訳なさに良心が痛み、かえって桜子の動揺が収まっていく。

桜子はゆっくり中を見回した。どうやらここは奥宮の中庭にある納屋のようだ。

外の喧騒《けんそう》はまったくなく、静かだった。聞こえるのは、窓の向こうから届く鳥の声と、忙《せわ》しない自分の鼓動くらいだ。

(どうか皆が無事でいますように……)

誰にも傷ついてほしくない。ガルドはプロの傭兵で、ウルラドは有名な剣士だという。だが、ミホはいかに腕の力が強いといっても特別な訓練を受けた人間ではない。祈ることしかできないが、不安でならなかった。

鳥の声もしなくなった静寂の中、桜子はひたすら息をひそめていたのだが、ふいに——その静寂が破られた。

「……ぁん」

（……？）

気のせいだろうか。桜子は窓の方を見てから、シイラの顔を見た。シイラも細い目を更に細くして、怪訝そうな表情をしている。

「ん……もう、いけませんわ。悪戯《いたずら》好きな方ね」

「祭りの戯《たわむ》れだ。罪にはなるまい」

女の声と、男の声だ。

（……もしかして……）

嫌な予感がする。いや、予感では済まない。

「シ、シイラさん……あの……」

「しっ。お静かに」

今は緊急事態だ。迷惑行為を咎めている場合ではない。

「あ……これ以上は……」

「ここで止めても辛かろう。違うか？」

カミサマ。ホトケサマ。エテルナサマ。どうか、どうか彼らがこれ以上の行為に及びませんように。桜子が祈りながら耳をふさごうとした時——

ドンドン！

扉を叩く音が聞こえた。息をひそめていた桜子も女官たちも、ハッと扉の方を見る。

「嬢ちゃん、オレだ。ガルドだ！　ひとまず片づいたぞ」

たしかに、ガルドの声だ。

ガシャン！　ギー……ギギ……

重い音を立てて扉が開く。桜子は、そこから入ってきたガルドに駆け寄った。見たところガルドに怪我はないようだ。傭兵の服装は黒ずくめなので、怪我も返り血も目立たないが、今日のガルドは白バラ団の白い制服を着ているので無傷なことが知れた。

「皆は……皆、無事ですか!?」

「おぅ。心配すんな。あのならず者どもはふん縛《じば》って奥宮に転がしてある。二人逃しちまったがな。連中は都護軍《とごぐん》に引き渡す。くだらねぇ茶番で商売の邪魔しやがる程度なら許せても、今回ばかりは許せねぇ。モリモトの野郎め」

ガルドは、襲ってきた男たちが、森本の差し金で動いていると思っているようだ。忌々《いまいま》しげに舌打ちをする。

「いかなる相手でも、決して許せるものではありません……！」

シイラがキッと切れ長の目を鋭くして奥宮の方をにらむ。女官たちも相手を森本だと考えている様子だ。桜子も他にはいないと思っている。――だが、証拠がない。

桜子は唇を噛んだ。この事件が、自分に、神殿に、市場に、南区に、今後にどのような影響を与えるのか、想像がつかない。

「ガルドさん――」

参拝客には見られていなかっただろうか。桜子がそう問おうとした時、ガサガサッと茂みが音を立てた。髪の乱れを直しながら、真っ赤な顔をしたナイスバディの女性が走り去っていく。

「なんだ？」

ガルドが女性の背と茂みとを交互に見た後、茂みの方に近づいた。桜子は慌てつつも、やんわりと注意を促《うなが》す。

「き、気をつけてください。……そこの茂みに……不審者がいるんです」

「不審者？」

ガルドが更に茂みに近づく。桜子は必死に止めた。

「近づかないでください！　ちょっと表現するのが難しいんですけど、ウルラドとはまた違った不審さっていうか、いかがわしさっていうか……！」

「それは――俺のことか」

ガサガサッ。

突然、茂みの中から半裸の男が出て来た。

「うわぁ！」

桜子は情けない声を上げて、後ずさった。ガルドと変わらないほど長身の男が、鍛え上げられた上半身を惜しみなくさらして立っている。

短いプラチナブロンドの、空の色の瞳をした若い男だ。腕にかけたシャツと腰のあたりまで下がったズボンの色が黒一色で、剣を帯びているところから、傭兵か軍人だとわかる。立っているだけで偉そうなオーラが漂《ただよ》うところを見ると、貴族だろう。もしかすると、都護軍《とごぐん》の人間なのかもしれない。

「シュルムト！　なにをしている。こんなところで」

その半裸の男の名らしきものを呼んだのは、駆けつけてきたウルラドだった。知り合いのようだ。

「愛を語るに場所は問うまい」

「服を着ろ。巫女様の御前だぞ」

「これは失礼」

シュルムト、と呼ばれた半裸の男は一切謝罪する気が感じられない口調で言うと、腕にかけていたシャツを羽織った。予想どおり、都護軍の制服だ。

「お初にお目にかかる。エテルナの巫女殿」

シャツがはだけたままの状態で、シュルムトは胸に手を当て頭を下げた。この珍獣のような男にすっかり気圧《けお》された桜子は、「どうも」とだけ答える。

「マキタ様、目が汚れます」

ウルラドがサッと桜子の前に立った。背の高いウルラドに庇《かば》われたことで、シュルムトのフェロモンだだ漏れの胸板が視界から消える。ようやく桜子は安心を得られた。

「マキタ様。傷の手当てを致しましょう」

（傷？）

シイラに言われて自分の身体を見れば、這うように岩だらけの丘を上ったせいで、あちこち傷だらけだった。

「あとのことは、我々にお任せください」

ウルラドは優雅に礼をした。つい先ほどまで殴り合いの現場にいたとは信じられないほど落ち着いた様子だ。

「ありがとう。ウルラド。助かった」

「私はいつでも、マキタ様のお傍におります。いつ、いかなる時でも」

いつも通りの発言をするウルラドに、桜子はもう一度礼を言ってからその場を離れた。

（……これから、どうなっちゃうんだろう）

あれは一体なんだったのか――先ほどの襲撃事件の目的は、どこにあったのだろうか。

桜子に危害を加えることが目的ならば、なにもあれほど人目につく場所で襲う必要はなかったのではないだろうか。

胸騒ぎがする。行く手に暗雲が垂れ込めているような不安が、じわじわと足元からせり上がってくる。前を歩く女官たちも無言のままだ。

中庭を通って、回廊を歩く。その途中、桜子はいきなり伸びてきた腕に引っ張られた。

「……ッ！」

叫ぼうとしたが、大きな手で口を塞がれてしまう。黒いシャツの袖と、抱き込まれた素肌の胸で、桜子はすぐに相手が誰なのかを理解した。

「マキタ様!?　……マキタ様!!」

シイラが桜子の不在に気づいたようだ。だが、その時すでに桜子は、不埒《ふらち》な迷惑行為男の手によって、奥宮の一室に連れ込まれていた。

ドアが閉まると、桜子はシュルムトの腕を思い切り押した。すぐに腕は解《ほど》かれ、桜子は全力で部屋の端まで逃げる。

「危害を加える気はない」

シュルムトは涼しい顔でそう言ったが、ついさっきまであんな濡れ場を演じていた男の言などそう易々とは信じられない。

「……なんだ。警戒してるのか。安心しろ。女の好みにはうるさい方だ」

「そんな心配はしてません」

ムッとして、桜子は遠慮を忘れて否定する。

「あまり時間がない。話を聞く気があるなら、その態度をなんとかしろ」

シュルムトが言っているのは、壁に背を貼りつけた桜子の警戒ぶりのことなのだろうが、簡単に気持ちの切り替えなどできない。

ため息まじりに、はだけたシャツのボタンをきちんと上までとめて、シュルムトは両手を広げた。

「これでどうだ？」

「そういう問題じゃ……」

桜子が言うより先に、次にシュルムトは手洗い用の手桶で手を洗い、もう一度同じポーズを取った。

「これでも駄目か？　さすがエテルナの巫女殿だ。清らかであられることよ」

桜子がシュルムトを警戒しているのは、なにもそのフェロモンの濃度や不埒《ふらち》な振る舞いが理由ではない。その皮肉一つ取っても只者《ただもの》ではないと知れるからだ。得体が知れない。もっと言えば、桜子にはこの大型のネコ科動物のような美しい男が怖かった。

「単刀直入に言おう。『エテルナの巫女』は今、立場が危うい」

「危ういって……どういう意味ですか」

戸惑いと不安で、桜子の声が強張《こわば》る。

「取り逃がしたならず者どもが、南区の市場で『エテルナの巫女が何者かに凌辱《りょうじょく》された』と大声で叫んで歩いているそうだ」

ヒュッと桜子は短く息を吸った後、数秒呼吸を忘れた。

「それを聞いていたのは祭りで南区に来ている、王都中から集まった都民たちだ。すでに騒ぎになっている。この調子でいけば、今神殿に転がしてある連中も、都護軍《とごぐん》に連行される道すがら、大声でエテルナの巫女を穢《けが》したと喚《わめ》くことになるだろう」

危うい――という氷の塊のような言葉を、やっと桜子も理解することができた。

（どうして？　なんで私がこんな目にあわなきゃいけないの？）

涙が滲《にじ》みそうになるが、必死に堪《こら》えた。目の前にいるこの不遜《ふそん》な男の前で泣くのだけはご免だ。

「――どう出る。エテルナの巫女殿」

森本と桜子が、同じ日本人同士で、かつ同じような商業活動をしていることが、この事件の因縁《いんねん》の始まりだったはずだ。

受け入れがたいことだが、これは恐らく森本が桜子に対して仕掛けてきた妨害工作の一種だろう。桜子が凌辱されたとスキャンダルをでっち上げ、イメージを地に落とすつもりに違いない。桜子には、今打つべき手がない以上、この勝負は森本の勝ちとなる。

だが――

この男が今ここにいることになにか意味があるのではないか、と桜子は思った。

「……貴方の目的はなに？　どうしてそんな話を私にするんですか？」

「お前の活躍が俺の助けになり得るかもしれん。こちらの都合だ。気にするな」

桜子は壁から背を離してシュルムトに近づいた。今は彼の不謹慎さを忘れた方がよさそうだ。

この最悪なシナリオを書きかえる道があるかもしれない。桜子はその可能性に賭けることにした。

「シュルムトさん。一つ教えてほしいんです。普段、女官の人たちは私に恋人を作ることを勧めるし、市場の皆は早く結婚したらいいって言います。それでも、巫女は……その、純潔を穢《けが》されると問題になるんですか？」

シュルムトは片眉だけを上げる。

「そうか、巫女殿は東方の出だったな。あのならず者が巫女殿と恋仲だというのであれば、誰もなにも言うまい。神話の女神とて恋をしていた。だが、ならず者どもが主張しているのは、凌辱だ。

肌を許すのとは意味が違う」

桜子は眉間にできそうなシワを指で押さえながら、頭を整理した。どうやら、どんな種類の行為であっても『疵物《きずもの》』扱いをされるわけではないようだ。――名誉を守る余地は、まだ残っているということになる。

「『実は恋人だったんです』っていう弁解は、先に向こうが封じてきたわけですか。……恋人との逢瀬をわざわざ言いふらすバカはいないものね」

「そういうことだ。どちらにせよ、よい選択ではない。ウルラドやブドウ園の倅《せがれ》が排除されないのは、地位にせよ人柄にせよ、『エテルナの巫女』が選んでも納得のいく存在だからだ。だが、あの風体の男を恋人に選んだとなれば、世間の目も変わるだろう」

その時の桜子はこの非常事態をどのように乗り切るかで頭がいっぱいで、なぜこの目の前にいる男がミホのことを知っているのかという点について疑問を持つ余裕がなかった。

シュルムトは更に続ける。

「巫女。確認しておく。連中はたしかにお前を狙ったのだな?」

「私の髪をつかんだ男が、『エテルナの巫女だな?』と言っていたので、間違いないと思います。『殺すつもりはない』とも」

シュルムトの話を聞いた今なら理解できる。巫女の名を穢すのが目的ならば、流血は必要ない。

ふつふつと怒りが湧いてくる。

「俺としてもエテルナの巫女の価値が下がるのは望ましくない。――手を貸してやる」

「一応確認しますけど、この件で手を借りたら、見返りを要求されたりはしませんよね？」

「なにもいらん。……それとも、接吻の一つでもしてくれるのか？」

桜子はからかいを含んだシュルムトの顔をまっすぐに見て、嫌味を返す。

「好きでもない人にそんなことしたら、巫女の名誉が傷つくんじゃないんですか？」

「勇敢なる崇拝者にはそのくらいのことをしても罰は当たるまい。——時が惜しいな。服を脱げ」

「……服？」

とっさに桜子は自分のアオザイを庇《かば》うように両手で身体を抱いた。

「そんな貧相な身体で期待をするな。猿芝居には猿芝居で返すだけだ」

迷っている暇はなさそうだ。期待なんてしてません、と返す代わりに、桜子は「わかった」とだけ答えた。

「勝たせてやる。やり遂げてみせろ。お前はあの姑息《こそく》な男の陥穽《かんせい》などではなに一つ失わない。——明日には王都中の人間が、お前の名を知ることになるだろう」

そんな予言めいた言葉を残して、シュルムトは部屋を出ていった。


シュルムトがこの場所を教えたのか、すぐにシイラが部屋に入ってきた。

「時間がございません。まずはお着替えを」

シイラはシリアスな表情で言うと、桜子を女宮の私室に急がせた。

「こちらの装束《しょうぞく》にお着替えくださいませ。ここは中将様を信じるしかございません」

「『中将様』って、さっきの軍人さんのことですよね」

「左様でございます。よろしいですか。その中将様からのご指示です。今からマキタ様に、エテルナ様の神話についてお聞かせしますので、よくよく聞いて、胸に刻んでくださいませ」

慌ただしく傷の手当てを終えた頃、イーダがエテルナの巫女装束《しょうぞく》を運んできた。桜子が汚れてしまったアオザイを脱ぐと、イーダはすぐにアオザイを持って部屋を出ていく。

その間、シイラは手を休ませることなく、エテルナの神話のエピソードを話し続ける。

彼女は、この一年で胸のあたりまで伸びた桜子の髪をサイドで編み込み、庭に咲いていたらしい白い花を飾る。そして左側に束ねた髪を流し、最後にふだんはしない紅をさした。それらを神がかった速度で仕上げたシイラは、支度を終えると静かに桜子の前に跪《ひざまず》く。

「――エテルナ様のご加護を」

その恭《うやうや》しさが、桜子にこの事態の深刻さを痛いほど感じさせた。

これまで桜子は自分が『エテルナの巫女』だと思ったことはなかった。だが、今は違う。この危機を前に、自分こそが『エテルナの巫女』なのだ――という覚悟が芽生えた。

この名がなければ、一文なしで王都に来た桜子が生きていくのは今よりずっと難しいことだったはずだ。今度は、自分がこの名を守らねばならない。

女宮を出て回廊を歩く間、シイラは早口に告げる。

「中将様はマキタ様に、月の女神エテルナのごとく気高くあれ、とだけお伝えしてほしいとのことでした。そして、最後に『すべて任せる』とだけおっしゃっていただきたいと。私は隣に控えております。お言葉に迷われた時は、私がお助け致します」

猿芝居に猿芝居で返す、とシュルムトは言っていたが、本当に芝居を打つつもりらしい。

（つまり、女神の化身になり切れってことね）

桜子の配役は『エテルナの巫女』。元演劇部としては、負けられない勝負だ。

奥宮を抜けると、そこは参拝客も出入りできる神殿だ。――芝居は、もう始まっている。待機していたエマとイーダが、しずしずと後ろに続いた。ザワザワと喧騒《けんそう》が耳に届く。本殿にかなりの参拝客が集まっているのだろう。

神殿の本殿には、十段ほどの階段の上に祭壇がある。祭壇の向こうにエテルナ像が置かれているわけではなく、壁があるだけだ。祭壇には乳白色の大きな鉢が置いてあり、そこに人々が線香を供える。その祭壇の前に、いつもはない椅子が置かれていた。事務所にあるシンプルな木の椅子ではなく、美しい彫刻の施《ほどこ》された美術品のような椅子だ。

（ここに座る……んだよね……）

階段の下には、広い本殿いっぱいに人が集まっていた。

人々を見下ろすこんな場所に一人で座らされるとは思っていなかった。まるで女王様のような扱いだ。

「巫女様だ……」

誰かが、桜子が入ってきたことに気がついた。本殿がざわめきで包まれる。

「巫女様のお出ましでございます」

シイラが本殿に響く声でそう告げると、ざわめきが嘘のようにシンと静まった。

——幕は、上がった。

（狼狽《うろた》えちゃダメ……女神みたいに威厳を持って……）

わずかに震える桜子の手を、シイラがしっかりとリードする。

桜子はゆっくりとした動作で、美しい椅子にゆったりと腰を下ろした。身体をわずかに傾け、両膝を揃えて斜め前に出す。これは膝下が長く見えるポーズであって女神の威厳とは直接関係がない。

だが、ごく自然にその姿勢を取れたことで、桜子は自分の演技に多少の自信を持つことができた。

階段の中ほどで、胸に手を当て礼をするシュルムトとウルラドの姿が見えた。こうして改めて見ると、彼らの貴人らしい堂々とした振る舞いが頼もしく思える。

「神聖なる祭りの最中《さなか》、俗事にお手を煩《わずら》わせますことお許し下さいませ、エテルナの巫女様」

恭《うやうや》しくシュルムトが言う。その神聖なる祭りの神殿で、美女と半裸でお楽しみだったのはどこのどいつだ——と頭の中で思いつつ、桜子は先を促《うなが》すようにゆったりとうなずいた。シュルムトが、桜子や女官にしか見えない角度でニヤリと笑んだところを見ると、役づくりはこの路線で間違いないらしい。

「下手人《げしゅにん》を、これへ」

シュルムトが命じると、三人のならず者たちが、白バラ団のスタッフに連れられて本殿に入ってきた。人混みが割れてできた階段下の空間に、座らされる。神殿の床が白い大理石でできているせいか、桜子の目にはどうにもこの一幕が、時代劇でよく見るお白洲《しらす》の裁きめいて映った。桜子はさしずめお奉行様だ。

「貴様らは、祭りの騒ぎに乗じ、エテルナの巫女に狼藉《ろうぜき》を働かんと姦計《かんけい》を巡らせた。この場で神殿の衛兵に切り捨てられて当然のところ、情け深き巫女様の温情をもってこの場を設けた。申し開きすべきことがあればこの場で申せ」

シュルムトは淀みなく男たちに告げた。

「祭りの日に女に触れれば罪になるのか！」

男の一人――桜子の髪をつかんだ片目の男がせせら笑う。

「お前が触れようとしたのは、常乙女《とこおとめ》たるエテルナの巫女ではないのか」

シュルムトの言葉に、周囲にざわめきが走る。

「知るか！　そこに女がいたから、可愛がってやっただけじゃねぇか。なにが悪い！」

「では、罪を認めるのだな」

「罪じゃねぇだろ！　ただの女だ！　オレはこの女が巫女だなんて知らなかった！」

片目の男は勢いよく喚《わめ》いた。「そうだ！」「ただの女だ！」と横にいた男たちも続く。

男たちの言葉が腹立たしくてならない。だが、桜子は屈辱に歪みそうになる顔を、理性で平静に保とうとした。

（なんで、わざわざこんなことを言わせるんだろう……）

この衆目の集まる場所で、ならず者たちに好き勝手なことを叫ばせることにどんなメリットがあるというのか。桜子にはまだ、シュルムトの意図がわからない。

「お待ちください！　中将様！」

突然、本殿の人垣の中から声が上がった。そして、民衆の中から誰かが前に出てくる。

黒に近い髪色をした小柄な少女だった。

「この男に、間違いありません！　この男が私に触れて言ったんです！　『お前がエテルナの巫女だな？』と！」

（あ……あれ、私の服！）

少女が着ているのは、先ほどまで桜子が着ていた水色のアオザイだ。膝のあたりが汚れたままだし、胸の飾り紐もちぎれているので、間違いない。

（あの子を、私の身代わりにする……ってこと？）

「娘、たしかか」

シュルムトが問うと、少女はしっかりとうなずいた。

「間違いありません！　私が父の友人の、こちらの男性と話している時に突然襲ってきたのです」

少女の横には、いつの間にかミホがいた。彼は少女の言葉にうなずいてみせる。

「幸い、ウルラド様にお助けいただき、髪をつかまれただけでした。その節はありがとうございました」

本殿が一斉にどよめく。

「なんだと……!?」

直前までの威勢はどこへやら、片目の男が顔色を変える。

「そんなはずはない！　オレはちゃんとあの女に触れた！『黒髪の女』にだ！」

あ、と桜子は声を上げそうになった。シュルムトの策の目的がわかったからだ。つい小さく身じろいでしまい、横にいたシイラに「マキタ様」と囁《ささや》き声で諌《いさ》められる。

「この娘の髪も、見ようによっては黒い。間違えたのか？」

「そんなバカな！　オレは間違いなく、本物の黒髪に――」

「ではお前は――『黒髪の女』を狙ったわけだな？　この、他ならぬエテルナ神殿で」

シュルムトの冷ややかな声に、やっと片目の男は自分が墓穴を掘ったことに気づいたようだ。

「娘、大事はなかったか」

「はい。おかげ様で」

少女はシュルムトに無事を報告すると、頭を下げてミホと一緒に列の中に戻って行った。

シュルムトが、ゆっくりと桜子の方を見上げ、胸に手を当てる。

「エテルナの巫女様。お聞きの通りこの者らの罪は明白。されど此度《こたび》のことは、この神域で起きましたこととなれば、すべては貴女様の御心のままに――いかが致しましょう」

「すべて任せる」と最後に言えばいい、というシュルムトの指示したタイミングは、今、この時なのだろう。

この一幕の目的は、男たちの罪と、エテルナの巫女の無事を、この王都中から集まった人々の前でアピールすることなのだ。

「娘の無事、嬉しく思います」

桜子は演劇部で培《つちか》った発声法を駆使し、凛《りん》とした声を出した。

気高い、ならず者になど穢《けが》されることのない、女神の化身だ。

シイラから聞いた女神の伝説には、女神に仕える女官を冒涜《ぼうとく》した男に直接手をくださず、その姿を隠すという逸話があった。時の王は慌てて無礼な男を探し出し、捕らえて女神に謝罪させたという。

「神域での狼藉《ろうぜき》ながら、もはやこれは俗世の罪と呼ぶべきことでしょう。後のことは中将に任せます」

「はっ」

シュルムトは深く頭を下げ、ウルラドも胸に手を当て頭を下げた。退場の合図のようだ。

王国の神はホトケサマではない。ギリシャ神話の神々のようにごく人間的な神だ。笑い、怒り、悩み、恋をする。世俗の罪は世俗に任せるが、気高きエテルナはきっと怒りを示すはずだ。

そう考えた桜子はスッと立ち上がり、勢いを失った男たちに一瞥《いちべつ》をくれると、シイラが手を差し出すのを待たずに――足早にその場から立ち去った。

「連れていけ！」

背後でシュルムトの声がした。男たちが喚《わめ》く声が一瞬聞こえたものの、すぐに喧騒《けんそう》の中に紛《まぎ》れていった。

「あああ……もう、めちゃくちゃ緊張した!!」

桜子は事務所の長椅子に身体を投げ出した。今更だが、足がガクガクと震えている。

「お見事でございました。マキタ様」

シイラが桜子の背をなでて優しく言う。

「今、お水をお持ちします」

イーダが出ていったのと同時に、瀬尾が事務所に入ってきた。

「槇田さん！　すごかったです。マジで」

「……よかった……元演劇部の面目が保てたよ」

「惚れるかと思いました」

「嫌だよ」

「俺も嫌です」

瀬尾は自分から言い出しておきながら、さも嫌そうな顔をした。

「マキタ様。お見事でした」

ベキオがやって来て、胸に手を当て礼をする。

「ねぇ、ベキオくん。私の服を着てたあの女の子、誰なの？　口裏合わせてくれたみたいだけど」

「ハロです」

その名前は覚えている。いつだったかベキオと一緒の時に会った、放蕩《ほうとう》息子仲間の少年だ。

「ハロくん？　……でも女の子だったよ？」

「本人です。今、市場の公園で上演していた歌劇で、ハロは娘役をしておりました。急なことでしたが、マキタ様の名誉を守るためにそうせよと中将様が。本当にお役に立ててよかった」

まだ声変わりもしていない、黒に近い髪色で小柄なハロだからこそできた策だ。あの短時間で替え玉の用意までしたシュルムトの手際は、見事と言うしかない。

「連中は、都護軍《とごぐん》に引き渡されました。これから裁判所で裁かれることになるでしょう」

「他の皆はどうしてるの？」

「ガルド叔父やウルラド様、ミホさんは都護軍の方に証言しているところです。父上も立ち会っています」

「……皆、無事なんだよね？」

「はい。皆、無事です」

誰も傷つかなかった。そうとわかって桜子は身体の力が抜けていくのを感じた。まだ、この芝居の成果がどのような影響を世間に与えるかはわからないが、ひとまず無事に終わったと思ってよさそうだ。

「マキタ様がご無事で……よかった……」

気がつけば、ミリアがスミレ色の瞳からぽろぽろと涙をこぼしていた。水を運んできたイーダも、つられたように泣いていた。

不埒《ふらち》な迷惑行為男ではあるが、シュルムトには助けられた。さすがに感謝しなければならない。

「あの軍人さん――シュルムトさんのおかげで助かった」

桜子がそう言うと、ブゴッとおかしな音が聞こえた。水を飲んでいた瀬尾が噎《む》せたようだ。

「大丈夫？　瀬尾くん」

「……すみません。続けてください」

桜子は瀬尾の様子を不審に思いながらも、その場の面々に声をかけた。

「皆、お疲れ様。せっかくこんなにお膳立てしてもらったんだから、私たちはいつも通りにしてないと。祭りもまだ二日ある。こっちがいつも通りを貫いて初めて、やっと勝ち越せると思おう」

「はい！」

桜子の言葉に、一同は大きくうなずいた。


しばらくすると都護軍《とごぐん》の兵がやってきて、女官たちの事情聴取が始まった。

桜子は女官たちの勧めに従って、先に女宮に戻って休むことにした。ミリアが送ると言うのを断り、桜子が一人回廊を歩いていると、いきなり腕をつかまれた。

またシュルムトか、とにらむようにして振り返った桜子は――その相手が瀬尾であったことに驚いた。

「え？　瀬尾くん？」

「槙田さん。ちょっといいですか」

瀬尾はキョロキョロと辺りを見回してから、桜子の腕を引いて奥宮の納屋へ入った。

「なに……？　どうかした？」

「さっきの話なんですけど……落ち着いて聞いてください。――『ユリオ王の冒険』の出だしって、覚えてます？」

「私、全然覚えてな――」

そう言いかけて、ふと桜子の頭に靄《もや》のかかった光景が浮かんだ。それはやがて、ピントが合ったようにクリアに見えた。

（あれ……？）

『ユリオ王の冒険』は、子供の頃読んだきりだ。覚えていない。忘れた――そう思っていたはずの記憶の蓋が、ゆるりと開く。

「暖炉の前で……おじいさんが孫に話す……んだよね？」

老人が孫に囲まれ、せがまれるままに昔語りを始める――その様子が、桜子の頭ではっきりと像を結ぶ。

「そうです。『ガシュアード王国建国記』は、コヴァド二世が自分の孫たちに偉大なる先祖の物語を話すところから始まるんです。まずは初代のユリオ王。もともと『建国記』は二部構成だったんですよ。最初はユリオ王の話だから、初版のタイトルは『ユリオ王の冒険』だった。それから、『ユリオ王の再来』と呼ばれた英雄、コヴァド一世の物語が第二部になるはずだったんです。語り部《べ》のコヴァド二世は、王国最大版図《はんと》を築いた王で、コヴァド一世はその父親です」

コヴァド、と言う響きには聞き覚えがないが、そのコヴァドという王がなんだというのだろう。

桜子は不審に思いつつ、瀬尾の言葉を待った。

「さっき、シイラさんたちに聞きました。その……シュルムトさんのこと。王位継承順五位の王族らしいですね」

「えっ……？」

「コヴァド一世……コヴァド王の名前は……シュルムトです。シュルムトなんですよ、槇田さん。王宮で育たず、王族でありながら軍人でもあった彼は、異民族の侵攻から王都を守り英雄と呼ばれ――民衆に望まれて王位につくんです」

――未来の王。

これまで、瀬尾のいう『建国記』の知識は、今の国王の祖父の代のもので、『過去』だった。だが、今、桜子は『未来』を見ている。

――未来の王。

あんなにも鮮烈に桜子の運命に関わってきた男が、未来の王だというのか。

『ガシュアード王国建国記』の作者の実子であるかもしれない可能性。瀬尾との遭遇。デパートの倉庫からのトリップ。日本語を話す人々。異国から来た黒髪の女神。神殿の伝承。マキタという名前。生えてこない毛。もう一人の日本人。『宰相の息子』との出会い。――そして次は、『未来の王』との出会い。

まるで、抗《あらが》えぬ奔流に巻き込まれて辿《たど》りついたこの場所が、桜子のいるべき場所だとでもいうようなことばかりが起きる。

この道はどこに繋がっているのか。

運命という名の理不尽は、桜子をどこへ誘《いざな》おうとしているのか。

今はまだ、目の前には霧が立ちこめている。だが、たしかに今桜子の立っている地面は、『どこか』へと続いている――そんな気がした。

その日、都護軍《とごぐん》の聞き取り調査は夜遅くまで続き、その間もエテルナ神殿の香の煙は絶えることがなかった。

＊　＊　＊

波乱のうちに祭りは終わった。

ならず者の襲撃事件から十日ほどが過ぎても、桜子は神殿から一歩も出ていない。

祭りで入ったお布施《ふせ》が、予想値の倍近くに達したことで、事務作業が多忙を極めたからだ。

そうでなくとも盛況だった人の入りが、エテルナ神殿の本殿で起きたお白洲《しらす》騒動の影響で爆発的に増えた。事件の翌日から押し寄せた参拝客の列は階段を越え、中央通りの半ばにまで及んだ。

祭りの後、新規のテナントが十店舗増えることになった。うち五店舗は、もともと南区の市場にいた人たちで、他の五店舗は南東区でモリモトスーパーに圧迫され店を閉めた人たちだった。

――明日には王都中の人間が、お前の名を知ることになるだろう。

そのシュルムトの言葉通り、あの事件の宣伝効果は絶大だった。

それに、変わったのは客足だけではなかった。桜子は参加していないが、月の光亭で行われた市場の慰労会の席では、シオが「私たちの頑張りが、南区を救うんです。マキタ様がおられなくとも、我々の力で市場を盛り上げていきましょう」と皆に語りかけたらしい。

祭り最後の日、食材が足りなくなったため、市場総出で城外の農家を走り回ったそうだが、それからは協力し合って仕入れをしているという。

そして桜子も――変わらざるを得なかった。

奥宮の事務所でガルドと瀬尾と一緒に今後の警護について打ち合わせをしていたところに、ベキオが息せき切って飛び込んできた。ならず者たちの裁判が終わったという。

「全員、島流しに決まりました」

「そ、そんな大事《おおごと》になるの？」

報せを受けて、桜子は耳を疑った。暴行は未遂に終わっている。シュルムトの芝居のおかげで、髪に触れられたことさえなかったことになっているというのに。

「もうお聞き及びでしたか」

ちょうど、ブラキオも報せを受けていたらしく、そう言いながら事務所に入ってきた。

「むしろ死罪でも不思議はございません。貴《とうと》き巫女に、それと知って触れようとするなど言語道断。未遂であったからこそ、島流し程度で済みました。あの場でマキタ様がもっとお怒りを示されていれば、私自ら、狼藉者《ろうぜきもの》を刺し殺す覚悟はございました」

「まぁ、その時にはオレが全員首を刎《は》ね飛ばしてただろうな。神の怒りってのはそういうもんだ」

「我らは政《まつりごと》には関わりませぬが、その神聖性は国によって保障されております。今から神官長である私が、刑がぬるいと国にかけ合えば、すぐにでも判決は死罪に変わりましょう」

きっぱりと言い切ったブラキオとガルドの言葉に、桜子は青ざめて言葉を失った。

報告を受けた日の夜、桜子は事務所の机に向かって頭を抱えていた。

「……飲みますか」

顔を上げると、瀬尾がワインの壺とグラスを載せたトレイを持って立っていた。

「……ありがと」

壺に入っていたのは果汁で割ったサングリアだ。きっとシイラかミリアが気をきかせて、瀬尾を寄越したのだろう。

「瀬尾くんも飲む？」

「いただきます」

小さく乾杯をして、桜子は深く重いため息を思い切りこぼした。

「島流しって、無人島みたいなとこに置き去りにされて、食糧もなくて……戻ってくる人はほとんどいないんだって……」

「……どこ情報ですか」

「ガルドさん」

「じゃあ、ガチですね」

一年生き残れば島から出ることを許されるが、王国への立ち入りは生涯禁じられるという。

「私がここに来なかったら、起こらなかったことだよね」

「まぁ……そうですね」

最初の一杯を飲み干した桜子は、机の上に視線を置いたままで言った。

「あの人たちに髪をつかまれた時、殺される――って思った。本当に怖かった」

「それは……誰だってビビると思いますよ」

「これまで、婦女暴行の話聞いたら、ちょん切っちゃえばいいのにって……強姦なんて加害者は死刑でいいって思ってた。女に暴力ふるうヤツは、全部地獄に落ちろって――」

「それ、怖いですって」

「でも……自分に触って名誉を傷つけようとした男が、実際に島流しになったって聞いたら……急に怖くなったの」

そこで桜子は空いたグラスにサングリアを注いで、勢いよく呷《あお》る。サングリアのアルコールは強くないが、空腹なところに立て続けに二杯流し込むと胃のあたりが熱くなる。島流しの話を聞いた直後の夕食は、ほとんど口をつけられなかったのだ。

「私は巫女なんかじゃないのにって思ったら、やっぱりこう……キツいっていうか、重すぎるっていうか……」

あの男たちにも、親があったろう。子があったかもしれない。親に、子に、二度と会えないのであれば、異世界に突然飛ばされた自分や、残された母親と同じではないか――絶え間なく襲ってくる良心の呵責《かしゃく》に、桜子の心は乱れた。

桜子は、もう一杯注ぎ、すぐにグラスを空ける。瀬尾も珍しくチビチビとグラスに口をつけていた。

早く酔って、なにもかもを忘れて寝てしまいたい。桜子は黙って、杯を重ねた。

しばらくの無言の後で、ポツリと瀬尾が言った。

「手紙――とか、どうですか」

「え？」

「いえ。なんでもないです」

それからまた少し無言が続き、瀬尾はグラスに何度か口をつけてから、口を開いた。

「……俺の母親、俺が小学生の頃、事故で死んでるんですよね」

桜子は瀬尾の突然の言葉に驚いた。

「ひき逃げでした。父親はずっと、犯人捕まえてやるって言ってて、捕まってからも裁判の度にすげぇ勢いで怒り続けてて……もう呪ってるって感じでした。呪いで人が殺せるなら、やれてたんじゃないかっていうくらい。俺にはそれがよくわからなくて――よく、死んだ母親に手紙書いてたんですよね」

瀬尾は窓の方を見て淡々と語る。桜子も机の方を見たままで聞いていた。

「今日お父さんが、こんなこと言ってた。お母さんはどう思う？　って。多分子供心に、親父のやってることが、本当にお袋のためになるのかって、疑問に思ってたんだと思うんですけどね」

「……そっか」

「そのうち書くのを忘れて、書いてたことも忘れてたんですけど。こっち来てから思い出しました。

寝る前とかに、ふと」

電気のないこの国の夜は早い。桜子には、この国で過ごす夜がいつも長く感じられた。いつ帰ることができるのか。母はどうしているだろうか。父は——一度考え始めると、いつまでも眠りが訪れてくれないのだ。桜子の夜がそうであるように、瀬尾もまた、この国で長い夜を過ごしてきたのかもしれない。

「その……手紙とか、書いたらどうですか。こっちにいて、倫理観とか見失うことあると思うんですよね。でも、やっぱり自分は自分だっていうか……なんかこう、たしかなものが欲しいっていうか、その人にだけは恥じない生き方がしたいっていうか……」

酔っていたのか、眠かったものか。瀬尾はその後、呂律《ろれつ》が回らない曖昧《あいまい》な発声でなにかをポツポツと言った後、「赤ん坊って立って歩くのどのくらいでしたっけ？」と言ったのを最後に、寝てしまった。以前飲んだ時に義理の母親が妊娠したと言っていたので、もう生まれているはずの弟か妹のことを思い出したのかもしれない。

桜子は、グラスを持って中庭に出た。電気のない世界は、月も星も美しい。

(手紙、私も小さい頃は書いてたっけ)

母親の帰りが遅い時、祖母の家に預けられていた桜子は、母親にあてて手紙を書いていた。今日会った出来事や、次の休みにしたいことなど、とりとめのないことを書いていた記憶がある。

(……電話するのと同じか)

親元を離れてから、実家にかける電話も、子供の頃の手紙と変わらない。近況を報告して、雑談をして、今度実家に戻る時のことを話す。心配をかけないように、少しだけ気をつかいながら。――札幌にいても、東京にいても、ガシュアード王国にいても、きっと同じだ。

今のこの状況を、母親に知らせるとしたら、自分はどんなことを書くだろう。

そんなことを考えていると、子供の頃、帰りを待っていた時のように、母親の存在を身近に感じることができた。

――朝になると瀬尾は大層浮腫《むく》んだ顔になっていた。

「手紙、書いてみようかな」

と桜子が言うと、瀬尾になんのことだ、という顔をされた。

瀬尾の酒の許容量は五口程度で、それ以降の記憶は曖昧になるらしい。桜子は、瀬尾が話したことは忘れることにした。酒の席でのことだ。多分瀬尾も、素面《しらふ》だったら言わないようなことを桜子をフォローするため口にしたのだろう。

「すっきりした顔してますね」

浮腫んでますます地味な顔になった瀬尾とは対照的に、桜子の表情はもう暗く沈んではいない。

「うん。ちょっと吹っ切れた」

どこにいようと、自分は自分だ。変わるものではない。やるべきことをやるだけだ。

今自分がすべきことは、飢えず、死なず、争わずこの身を守り、自分を守る神殿を、そして南区を守ること――それだけだった。

桜子は、すぐに行動を起こした。

まず、瀬尾の他、ブラキオ、ガルド、ベキオを応接室に集めた。桜子が最も信頼しているメンバーだ。

一同の顔を見渡し、桜子は深呼吸を一度してから、語りかけた。

「私の生まれ育った国は、だいたい似たような顔をして、だいたい同じくらいの能力を持って、だいたい共通した価値観を共有し得る人たちの住む国でした。だから、この王都にいる同胞を見つけた時、私は大いに油断していました。——日本人が日本人を傷つけるわけがない、と」

一同は黙って桜子の言葉を聞いている。

「でも、私が間違ってました。彼は——グレン神殿の『モリモト』という男は、私を脅《おど》してきたんです。『同じ日本人が目立ったことはするな』『おとなしくしていろ』と。けれど彼が具体的になにを要求しているのかわからないまま、今日まできました」

「なんだと!? 嬢ちゃん、モリモトの野郎に脅されてたのか！」

「許せません！」

ガルドが腰を上げ、ベキオが拳《こぶし》を握る。

「……私と森本さんが同郷でなければ、確執はなかったはずなんです。だから、神殿の皆や市場の皆を巻き込みたくないと思って、今まで言わずにいました。ごめんなさい。争いを避けたいという気持ちは変わっていませんが、向こうがあんな卑怯な手に出るというのであれば、こちらも黙っていられません。情報が欲しいんです。森本さんがなにを目指していて、争いはどうやったら避けられるのかを知りたい。どんな些細《ささい》なことでも構いません。……力を貸してください」

ガルドが、ドンと胸を叩いた。

「よし。任しとけ。白バラ団の連中を使おう。ベキオ。お前も劇団の連中を使って情報集めろ」

「はい。お任せを」

ベキオもガルドに倣《なら》って、ドンと胸を叩く。

「私も、神職の伝手《つて》を使って調べてみましょう」

胸を叩きこそしなかったが、ブラキオも協力を申し出た。桜子は三人に頭を下げる。

「ありがとうございます。でも、あくまでもこれは、秘密裡《ひみつり》の活動でお願いします。そうじゃなくても、今回のことが森本さんの仕業だと考える人たちで、南区の空気がすごくピリピリしてます。あくまでも全面対決は避ける方向で活動したいんです」

「それももっともだ。となると、こりゃ秘密諜報組織だな」

ガルドは楽しそうに言って、ブラキオに「浮かれるな」と叱られる。

「嬢ちゃんの言うように、ここは相手の思惑を密かに探るのが上策だ。ここでこっちも頭に血ぃのぼらせてモリモトの野郎に食ってかかっちまったら、せっかくの巫女様人気が血なまぐさくなっちまうからな」

「はい。今は幸い、世間の目も南区側に好意的です。農家の方や、市場での出店を希望されている方の中には、森本さんと揉めて逃げた人も多いんです。このまま、いい評判を上手く利用できたらと思ってます」

瀬尾を含めた白バラ団秘密諜報部の面々は、力強くうなずき合った。

桜子が、飢えず、死なず、争わず、の姿勢を保つために取った行動は二つ。

一つは、森本の情報を集め自衛を図ること。もう一つは――


カンカンカン……

南区の市場の門で、大工たちが工事をしている。桜子は手で日差しを遮《さえぎ》りつつ、少し離れた場所からそれを見上げていた。

「巫女」

声をかけられて振り向く。そんな呼び方をする人間は桜子の周囲にはいない。振り返ると、長身の王都の人々の中でも一際《ひときわ》背の高い男がこちらに近づいてくるのが見えた。――未来の王、シュルムトだ。

「先日はどうもお世話になりました」

まずは礼を伝えた。今後親しく言葉を交わす予定はないので、タイミングを逸する前に伝えておこうと思ったのだ。桜子は『未来の王』などという代物に用はない。

「あれはこちらの都合だ。気にするな」

横に並ぶと圧迫感がある。桜子はシュルムトを見上げて尋ねた。

「なにかご用ですか？」

「ウルラドでもあるまいし、用もなくわざわざ潔癖な生娘《きむすめ》の顔など見に来るか」

「こっちだって貴方と舞踏会で出会ったわけでもないですし、警戒くらいします」

「どうにも印象が悪いようだな」

出会ってからこれまでの一連の流れで、なぜ自分が好印象を与えていると思えるのかがさっぱり理解できない。桜子はシュルムトの顔をまじまじと見た。

姿形《すがたかたち》は間違いなく美しい。逞《たくま》しい身体は野生動物のように機能美に溢《あふ》れているし、精悍《せいかん》な顔だちも十分に整っている。身分も高い、となるとすべての女性に好かれていると思って人生を送っていて当然なのかもしれないが。

「名で呼ぶといい。ウルラドと話す時のように、かしこまらずにな。――市場に店が増えたな」

「おかげ様で。祭りの後、出店希望者が増えたの」

「なによりだ。市場の店舗の整備は神殿で行っていると聞いた」

「うん。そうだけど……なんで知ってるの？」

うすら寒いものを感じながら、桜子はシュルムトから距離を取る。

「モリモトのやり方とは違っている。それは、ニホンのやり方か？」

ますます悪寒を覚えて、桜子はもっと距離を取ろうとした――が、するりとシュルムトの腕が伸びてきて、肩を引き寄せられる。

「俺は敵ではない。エテルナの巫女」

急に近づいた空色の瞳に、自分の怯《おび》えた顔が映っている。思い切り腕を突っぱねると、笑いながらシュルムトは桜子を解放した。

「清らかな巫女殿を驚かせたな。なんのことはない。俺はモリモトと会ったことがある。その時モリモトは『ニホンから来た』と言った。同じように神殿に突如として現れた巫女――と聞いて鎌をかけただけだ」

騙された、とわかり、桜子は顔を赤くして眉を吊り上げた。なにか言い返したいところだが、十倍になって返されそうなので思いとどまる。

「私は『モリモト様』とは違うよ。ただ飢えたくないし、死にたくないし、争いたくないだけ」

「そう上手くいくかな?」

シュルムトはニヤニヤとさもおかしそうに笑っている。

「まずは――相手の戦意を削ぐつもり。まあ、見てて」

桜子はにっこりとシュルムトに笑顔を向ける。

二人の間の空気が緊張感を孕《はら》んだものになる瞬間――

「マキタ様!」

南区の門の方から、ウルラドが颯爽《さっそう》とこちらに向かってくる。

「マキタ様。ごきげんよう。今日もまた一段と、夜を慎ましく照らす月の光のようにお美しくいらっしゃる」

「ごきげんよう。ウルラド」

「実は、青鷹団の有志が、是非とも南区の警護をお手伝いさせていただきたいと申し出ておりまして、本日はその許可をいただきたく伺いました。南区の復興はこの王都の希望。それをお助けすることが、なにより王都のためになると思っております」

ウルラドは、後ろにいる二人の貴族らしい青年を桜子に紹介した。いつぞや宰相邸の庭で見た顔だった。青鷹団の協力は、願ってもない申し出だ。桜子は「ありがとう！」と心からの礼を伝えた。

「――しかし」

ウルラドはじろりとシュルムトを睨んだ。

「シュルムト。この件は私からマキタ様にお伝えすると言ったはずだ。抜け駆けしたな」

「別件だ」

「まさか……貴様、マキタ様に……！」

ウルラドはシュルムトの胸倉をつかんだ。

「落ち着け。そんなわけなかろう。こんな小娘を口説く気になどなるか」

(なんでこの人、私のこと小娘とか言うわけ？)

生娘《きむすめ》、と呼ばれるのは巫女という仕事柄、納得できる。だが桜子は実際二十四歳の成人女性だ。どう考えても小娘ではない。おかしな誤解が広がる前に、一言言っておくべきだろう。

「一応断っておくけど、私、二十四だからね？」

「二十四？」

二人は揃って桜子に聞き返した。そして同時に桜子の胸を見る。

(ほんっと、なんなのこの人たち!!)

「これから熟《う》れるのかと思ったが……そうか。二十四か」

シュルムトは、初めて顔を合わせて以来、一番驚いた顔をしていた。

「嬢ちゃん！　看板がつくってよ！」

門のところでガルドが桜子を呼んだ。

「今行きます！」

桜子はガルドに手を振って、失礼極まりない男たちを置いて門の方に向かった。ウルラドが「愛があれば、胸など……！」と力強く言い出し、青鷹団の二人に止められる。

門に向かう桜子の横に、衝撃から立ち直ったらしいシュルムトが並んだ。

「市場に看板をつけたのか」

「そ。今日からここ、市場じゃないから。『商店街』っていうの」

門の前には、人が続々と集まっていた。

「よぉ。すごい人だな」

人垣の中に、見知った顔を見つけて桜子は手を振った。ミホだ。

「ミホ、この間は――」

「その話は今度だ。この間は一杯しか飲めなかったからな。今度また新酒持ってく。……しかし、これまた面白いことを思いついたもんだな」

ミホが看板を見上げて言う。

「のんびりした名前だな」

「うん。のんびりした商店街にしたいの」

桜子は笑顔で応えると近くにいたシュルムトが小さく笑った。

「……なるほど。これは戦意が削がれるな」

「うん。平和な商店街にしたい」

桜子がその言葉にうなずくと、いつの間にかシュルムトの横にいたウルラドが感心したように言う。

「誠実な商売をされているように見えますね」

「豊富な商品知識と、愛ある接客が売りだから」

桜子は、胸の前でぎゅっと両手を握った。

看板にはこう書かれている。――『南区にこにこ商店街』。

桜子が取った対策の二つ目は、森本に対抗する意思がないことを、森本当人だけでなく王都中に知らせることだった。

そのために商店街に名前をつけたのだ。平和的で、戦意を削ぐ、気の抜けるような名前を。

この『にこにこ商店街』は、言うなれば桜子の武器であり、砦《とりで》だ。

いつか日本へと帰るその日まで、この南区で、飢えず、死なず、争わずに生きていくための――

試食品を用意したスタッフたちが月の光亭から出てくる。桜子は笑顔で、集まった人たちに向かって声をかけた。

「にこにこ商店街へようこそ！」

ユリオ一世によるガシュアード王国建国から八十余年――

後の世にまで名を残す『にこにこ商店街』が、この日、王都南区に誕生した。

『槇田早苗様
お母さん、お変わりありませんか?

お父さんは元気にしてますか?

この国に来てから、早いものでもう一年が過ぎました。

今日、下宿先の近くの市場が、商店街に生まれ変わりました。

シャッター通りだった南区の市場が、今では嘘のように賑《にぎ》やかです。

今私は、この南区の復興プロジェクトに関わっています。

毎日忙しいですが、充実した毎日です。今日は一日中走り回って、足がパンパンになりました。

帰ったら、一緒に温泉旅行に行きませんか。お父さんも一緒に。

美味しいものを食べてゆっくりしたいです。

帰ったら、またパンを一緒に焼きましょう。

お母さんのパンが食べたいです。

またお手紙します。

桜子』

玉《たま》の輿《こし》に
乗りたくて何が悪い!!

高収入、顔がいい、共働きを望まない、ケチじゃない、甘やかしてくれる……そんな理想の結婚相手を探している、人生負け組の浪川琴莉（なみかわ ことり）。欲望のままひた走る彼女が、婚活パーティーで出会ったのは、年収2000万以上、端整な顔立ちに魅惑的な声の男。けれど――

「君は欲望に忠実で頭が悪く、利己的な女だな」

彼の最大の欠点は、その性格。かくして、負け犬女と性悪男の攻防戦が幕を開ける！

◉定価：本体1200円+税　◉ISBN 978-4-434-21357-1

◉illustration: 也

いくらイケメンでも、モンスターとの恋愛フラグは、お断りです！

1～5巻好評発売中!

高校の入学式、音恋は突然、自分がとある乙女ゲームの世界に脇役として生まれ変わっていることに気が付いてしまった。『漆黒鴉学園』を舞台に禁断の恋を描いた乙女ゲーム……
何が禁断かというと、ゲームヒロインの攻略相手がモンスターなのである。とはいえ、脇役には禁断の恋もモンスターも関係ない。リアルゲームは舞台の隅から傍観し、今まで通り平穏な学園生活を送るはずが……何故か脇役(じぶん)の周りで記憶にないイベントが続出し、まさかの恋愛フラグに発展？

各定価：本体1200円+税
illustration:U子王子(1巻)／はたけみち(2巻~)

このコンビニ、普通じゃない!?

Yu Enoki
榎木ユウ

異世界コンビニ
Convenience Store Fanfare Mart Purunascia

1〜3

コンビニごとトリップしたら、一体どうなる!?

大学時代から近所のコンビニで働き続ける、23歳の藤森奏楽《ソラ》。今日も元気にお仕事——のはずが、何と異世界の店舗に異動になってしまった!　元のコンビニに戻りたいと店長に訴えるが、勤務形態が変わらないのに時給が高くなると知り、奏楽はとりあえず働き続けることに。そんなコンビニにやって来る客は、王子や姫、騎士など、ファンタジーの王道キャラたちばかり。次第に彼らと仲良くなっていくが、勇者がやって来たことで、状況が変わり……

◉各定価：本体1200円＋税　◉illustration：chimaki

ある日、白鷺百合子《しらさぎゆりこ》は自分が乙女ゲームの悪役令嬢であることに気付いた。しかも、どうやらこの世界はループし続けているらしい!? 物語のやり直しのたびに、借金を抱えた家が没落し、悲惨な末路を辿る百合子。しかし、自分の置かれた状況に気が付いた彼女はループを破り、明るい未来を勝ち取ろうと決意した！ 百合子は物語そっちのけで、1億円の借金返済のため奔走する。だが、妨害を受けたり、アイディアを盗用されたりと、一筋縄ではいかなくて——!?

◉定価:本体1200円+税 ◉ ISBN978-4-434-20984-0

illustration:煮たか

喜咲冬子（きさき とうこ）
北海道生まれ、北海道育ちの文筆業従事者。花見と言えばジンギスカン、芋掘りと言えばジャガイモ。

イラスト：紫真依
http://blog.livedoor.jp/aibou1125/

本書は、「小説家になろう」（http://syosetu.com/）に掲載されていたものを、
改題・改稿のうえ書籍化したものです。

ガシュアード王国《おうこく》にこにこ商店街《しょうてんがい》

喜咲冬子（きさき とうこ）

2016年 1月 5日初版発行

編集－羽藤瞳
編集長－塙綾子
発行者－梶本雄介
発行所－株式会社アルファポリス
〒150-6005 東京都渋谷区恵比寿4-20-3 恵比寿ガーデンプレイスタワー5F
TEL 03-6277-1601（営業） 03-6277-1602（編集）
URL http://www.alphapolis.co.jp/
発売元－株式会社星雲社
〒112-0012東京都文京区大塚3-21-10
TEL 03-3947-1021
装丁・本文イラスト－紫真依
装丁デザイン－AFTERGLOW
印刷－中央精版印刷株式会社

価格はカバーに表示されてあります。
落丁乱丁の場合はアルファポリスまでご連絡ください。
送料は小社負担でお取り替えします。
©Toko Kisaki 2016.Printed in Japan
ISBN978-4-434-21445-5 C0093